文春文庫

朔《さく》風《ふう》ノ岸《きし》

居眠り磐音（八）決定版

佐伯泰英

文藝春秋

目次

「居眠り磐音」

主な登場人物

坂崎磐音《さかざきいわね》　元豊後関前藩士の浪人。藩の剣道場、神伝一刀流の中戸道場を経て、江戸の佐々木道場で剣術修行をした剣の達人。

小林奈緒《こばやしなお》　磐音の幼馴染みで許婚《いいなずけ》だった。琴平、舞の妹。小林家廃絶後、遊里に身売りし、江戸・吉原で花魁《おいらん》・白鶴《はっかく》となる。

坂崎正睦《さかざきまさよし》　磐音の父。豊後関前藩の国家老。藩財政の立て直しを担う。妻は照埜《てるの》。

福坂実高《ふくさかさねたか》　豊後関前藩の藩主。従弟の利高《としたか》は江戸家老。

中居半蔵《なかいはんぞう》　豊後関前藩の藩物産所組頭。

金兵衛《きんべえ》　江戸・深川で磐音が暮らす長屋の大家。

おこん　金兵衛の娘。今津屋に奥向きの女中として奉公している。

鉄五郎《てつごろう》　鰻屋「宮戸川」の親方。妻はさよ。
幸吉《こうきち》　深川の唐傘《からかさ》長屋に暮らす叩き大工磯次《いそじ》の長男。
今津屋吉右衛門《いまづやきちえもん》　両国西広小路に両替商を構える商人。内儀のお艶《えん》とは死別。
由蔵《よしぞう》　今津屋の老分番頭。
佐々木玲圓《ささきれいえん》　神保小路に直心影流の剣術道場・佐々木道場を構える磐音の師。
品川柳次郎《しながわりゅうじろう》　北割下水の拝領屋敷に住む貧乏御家人の次男坊。母は幾代《いくよ》。
竹村武左衛門《たけむらぶざえもん》　南割下水吉岡町の長屋に住む浪人。妻・勢津《せつ》と四人の子持ち。
笹塚孫一《ささづかまごいち》　南町奉行所の年番方与力。
木下一郎太《きのしたいちろうた》　南町奉行所の定廻り同心。
北尾重政《きたおしげまさ》　絵師。版元の蔦屋重三郎《つたやじゅうざぶろう》と組み、白鶴を描いて評判に。
中川淳庵《なかがわじゅんあん》　若狭小浜藩の蘭医。医学書『ターヘル・アナトミア』を翻訳。
四郎兵衛《しろべえ》　吉原会所の頭取《かしら》。

『居眠り磐音』江戸地図

至鐘ヶ淵
新吉原
山谷堀
寛永寺
上野
浅草
待乳山聖天社
向島
浅草寺
業平橋
吾妻橋
品川家
北割下水
十間川
本所
法恩寺橋
竹村家
南割下水
柳原土手
両国橋
横川
金的銀的
今津屋
竪川
大川
鰻処宮戸川
若狭屋
六間堀
猿子橋
鎌河岸
小名木川
本橋
新大橋
金兵衛長屋
鎧ノ渡し
深川
霊岸島
八丁堀
仙台堀
永代橋
永代寺
富岡八幡宮
佃島
越中島

護国寺
小石川
本郷
豊後関前藩
上屋敷
湯島天
牛込
神田川
神田明
佐々木道場
駿河台
市谷八幡宮
神保小路
内藤新宿
四谷
四谷御門
麹町
江戸城
平川天満宮
南町奉行所
溜池
数寄屋橋御門
原宿
愛宕権現
増上寺
芝
渋谷

朔風ノ岸

居眠り磐音（八）決定版

第一章　府内新春模様

一

安永《あんえい》三年（一七七四）の年の暮れ、坂崎磐音《さかざきいわね》は除夜の鐘を両国橋の上で聞いた。

「浅草寺《せんそうじ》から、はや撞《つ》き出されたか」

磐音は橋の途中で足を止めた。

大晦日《おおみそか》の夜、多くの舟が行き交う大川端には、御米蔵が黒い影を見せて広がり、さらにその向こうに金龍山浅草寺が望めた。

すでに新年の初詣《はつもう》でに押しかける人々のざわめきまで聞こえてきそうな気配である。

磐音はしばし橋の欄干《らんかん》に佇《たたず》み、北方の空を眺めた。

（奈緒《なお》はどうしているであろうか）

磐音の許婚《いいなずけ》だった小林《こばやし》奈緒は、豊後《ぶんご》関前《せきまえ》藩の騒動に巻き込まれ、有為転変の運命に弄《もてあそ》ばれた後、官許の遊里吉原で花魁《おいらん》白鶴《はっかく》として名を上げていた。

磐音は、もはや手が届かぬ人界へ行った奈緒を陰ながら密《ひそ》かに見守っていた。

（奈緒、新玉の年も堅固で暮らせ）

撞き出される鐘の音に想い女《びと》の息災を祈った。

磐音は深川《ふかがわ》六間堀《ろっけんぼり》町の金兵衛《きんべえ》長屋に戻ろうと、川の流れから橋の賑《にぎ》わいに視線を戻した。

初詣でに行く人や、掛取《かけと》りに歩く番頭や手代《てだい》、借金を逃れて町をふらつく職人や、正月用の買い物をぶらさげたおかみさん、初日の出を拝みに高輪《たかなわ》辺りに繰り出そうという連中で混雑し、悲喜こもごもの人世を見せていた。

ふいに人込みの中から、

「掏摸《すり》にございます、助けてくだされ！」

という悲鳴が上がった。

さっ
と人込みが左右の欄干に分かれる。

橋の真ん中で、番頭風の男が羽織の上からばたばたと体のあちこちを叩《はた》いていた。歳《とし》の頃は四十前後か、小柄な体付きだ。

「盗《と》られました。お得意様からいただいた懐《ふところ》の金子《きんす》を掏《す》られました」

大声で喚《わめ》く男に、道具箱を担いだ職人が声をかけた。

「番頭さん、よく持ち物を調べるこったぜ。盗られました、掏られましたと叫ばれると、そばにいるおれっちがなんぞやらかしたようじゃねえか」

男の周りに掏摸らしき者は見当たらなかった。だが、男は職人の言葉の真意を図りかねるように、ただ言い張った。

「いえ、確かでございます。お屋敷からいただいてきた五十両が消えております」

「いつのことだい」

男は返事に詰まった。

「おめえさん、酒も飲んでいるようだ。いただいた金子はお屋敷に忘れてきたんじゃねえのかい」

「そのようなことはございません。憚《はばか》りながら、尾《お》張《わり》町の草履《ぞうり》商備後《びんご》屋の番頭佐《さ》平《へい》、酔ってもおりませんし、耄碌《もうろく》してもおりません」

佐平が大見得《おおみえ》を切った。だが、磐音の目にも狼狽《ろうばい》しているとしか見えない初老の番頭の姿は、哀れにも己の失敗《しくじり》を糊塗《こと》しようとしているようにも映った。その様子がなにやらちぐはぐであったからだ。

磐音が違和感を覚えたのは、そのあまりの狼狽ぶりにか。

「番頭さん、たった今掏られたというわけでもなさそうだ。まずはお屋敷を確かめるこったな」

職人は持て余して、同じ言葉をかけた。

「いいえ、お屋敷を出るとき、確かに金子はございました」

「なら、番屋に届けるがいいやな。除夜の鐘も撞き終わろうってときに、おめえさんにばかりかかずらわっちゃいられねえや」

職人は深川へと橋を渡りかけ、おろおろしていた番頭は、意を決したように両国西広小路に向かって走っていった。

村芝居の一場面を見ているようだった。

磐音は掛取りの五十両を掏られた番頭の行く末に思いを致しながら、深川へと足を早めた。

年の瀬、磐音は、両国西広小路の一角に分銅《ふんどう》看板を掲げる両替商今津屋《いまづや》で用心棒の仕事をさせてもらった。

江戸六百軒の両替商の筆頭に立つ両替屋行司《ぎょうじ》の今津屋が、何者かに狙《ねら》われているというわけではない。極月《ごくげつ》の用心にという理由は表向きで、磐音になにがしかの餅《もち》代を稼がせてやろうという老分《ろうぶん》番頭由蔵《よしぞう》の心遣いだった。

ために磐音の懐には三両の金子が入っていた。

本来なら大晦日の深更まで詰めるところだが、由蔵が、

「両替商の大晦日は徹宵にございます。大勢が起きていて帳簿整理をしております。さらに店の前はそぞろ歩く初詣での衆で賑わいますので、押し込みもございますまい。独り者とはいえ、坂崎様も、年越しくらいは金兵衛さんの長屋でお過ごしなさいませ」

と親切に言われ、

「元日の昼はうちに雑煮を食べにおいでなされよ」

と送り出されてきたのだ。

両国橋を渡りきると、両国東広小路も昼間のような賑わいだ。今日ばかりは広小路の見世物小屋や楊弓場《ようきゅうば》などが店を開き、灯《とも》りを煌々《こうこう》と点して客を呼んでいた。

朝次《あさじ》親方の楊弓場「金的銀的《きんてきぎんてき》」は書き入れ時であろうと思いながら、磐音は早々に繁華な広小路を抜け、竪川《たて》を渡り、惣録《そうろく》屋敷の前を通って、馴染《なじ》みの六間堀の河岸《かし》へと出た。あとは真っ直ぐに猿子橋際まで歩けば、今津屋の奥向きの女中おこんの父親の差配する金兵衛長屋の木戸口だ。

なんとなく路地に梅の香が漂っているようだ。

金兵衛長屋の木戸口にはどてらの金兵衛が丹精する梅の木があって、花の季節を迎えようとしていた。

七軒長屋は六軒が埋まり、一軒が空いていた。さすがに大晦日の夜だ、半分の部屋から灯りと声が洩《も》れていた。

「旦那《だんな》、今、帰りかい。独り者《もん》は気楽でいいな」

左奥の厠《かわや》から、青物の棒手振《ぼてふ》りの亀吉《かめきち》が姿を見せて言った。

「仕事にござるよ」

「なんでえ、大晦日まで稼いでいたってか」

「年の瀬が越せぬのでな」

「江戸っ子はがつがつしねえもんだぜ」

「それがし、西国出の浪々の身にござる」

「そう居直られちゃあ、かなわねえな」

「よいお年をお迎えくだされ、亀吉どの」

挨拶《あいさつ》をして磐音はわが家の障子戸に手をかけた。すると戸口に文が挟《はさ》んであるのに気付いた。

文を手にとり、戸を引き開けた。

部屋に籠《こも》っていた寒気がすうっと磐音の全身に襲いかかった。

（これから火を熾《おこ》すのは面倒じゃな）

と敷居を跨《また》ごうとすると、隣家の戸が開き、

「旦那、火もないんじゃないのかい。ほれ、熾《おき》を持っていきな」

と、水飴《みずあめ》売りの五作《ごさく》の女房おたねが十能《じゅうのう》に熾火を載せて突き出した。

亀吉との会話を聞いていたとみえる。

「有難い、お借りいたす」

おたねから十能を受け取って、暗がりの中で火鉢《ひばち》に移した。

「おたねどの、いい年越しができたかな」

「裏長屋住まいの貧乏人だもの、いつもと変わらない年の瀬だったよ」

「五作どのとおかやちゃんの親娘《おやこ》三人、元気で年が越せればなによりにござる」

磐音は十能を返すついでに財布から三十文を出して、

「剝《む》き出しで非礼だが、おかやちゃんのお年玉だ」

おかやは五作とおたねの一人娘だ。

「おや、燠でお年玉を釣っちまったよ」

おたねはぺこりと頭を下げて十能と三十文を受け取ると、引き上げていった。

磐音はまず燠火の上に炭を載せて、口でふうふうと吹き、炭に燠火を移した。

さらにその火で行灯《あんどん》の灯心を点した。

わび住まいが行灯の灯りに浮かんだ。

部屋の隅に夜具が積まれ、壁際には鰹節《かつおぶし》屋から貰《もら》ってきた箱が置かれて、三柱の位牌《いはい》と水を入れた茶碗《ちゃわん》が置かれていた。

豊後関前藩の騒動に巻き込まれて死んだ二人の親友、小林琴平《きんぺい》と河出《かわで》慎之輔《しんのすけ》、慎之輔の妻の舞《まい》の位牌だ。

磐音は羽織を脱ぐと、腰から備前包平《びぜんかねひら》二尺七寸（八十二センチ）と無銘の脇差《わきざし》一尺七寸三分（五十三センチ）を抜いて部屋の隅に立てかけた。

行灯を火鉢のそばに移動させ、懐の文を出した。

差出人は、豊後関前藩の藩物産所組頭《くみがしら》の中居《なかい》半蔵《はんぞう》であった。

〈坂崎磐音殿　安永三年も余すところ旬日《じゆんじつ》となりぬ。江戸にてはどちら様も大過なく年の瀬を迎えておられる事と拝察致しおり候。国表《くにおもて》は実高《さねたか》様もそなたの父上正睦《まさよし》様もご壮健にてお過ごしじゅえ安心なされよ。またお身内にもお変わりなきゆえご安心あれ。いや、待たれよ。城中の風聞にて妹御伊代《いよ》殿の婚礼が来春にも執り行われるやに聞いたが、そこもとはご承知か……〉

（伊代が祝言《しゆうげん》を……）

磐音は慌《あわ》てて先を読んだ。

〈噂《うわさ》によれば伊代殿、家中の御旗奉行井筒洸之進《いづつこうのしん》様嫡男源太郎《ちやくなんげんたろう》殿と結納整いしとか、目出度《めでた》き話では御座る。されどこのご時世、正睦様も井筒家も内輪の婚礼をお考えの様子なり。世が世ならば国家老のご息女と御旗奉行のご嫡男の婚礼、家中を挙げて盛大になりしところ、致し方あるまいと存ずる〉

（伊代がいよいよ嫁いでゆくのか。なんぞ祝いを考えねば）

と思いながら、相手の井筒源太郎とはどのような人物であったかと、その風貌《ふうぼう》を思い出そうとした。

磐音の旧藩豊後関前は六万石、家中の者ならおよそ顔見知りだ。だが、年齢が離れていたり、国許《くにもと》奉公と江戸勤番が掛け違ったりすると、付き合いがないこともあった。

確か井筒源太郎は神伝《しんでん》一刀流中戸《なかと》信継《のぶつぐ》道場の兄弟弟子、ひょろりと背の高い青年であったとだけ覚えていた。

磐音とは五、六歳離れていたかもしれぬと曖昧《あいまい》な記憶を辿《たど》った。

再び文に注意を戻した。

〈さて本論に入る。こたびようやく藩物産の布海苔《ふのり》、若布《わかめ》、ひじき、荒布《あらめ》、いりこ、するめ、さらには鰹節等、改良を加えし品を日本橋魚河岸《うおがし》の若狭屋《わかさや》宛送り出す手筈《てはず》整いし事、そなたに報告致し候。若狭屋には江戸藩邸を通じて年末より年始にかけて着到致す予定也。

ついては、その頃合い若狭屋を訪ね、改善されし物産の意見を聞いて頂きたく願い上げ候。その意見を踏まえて最後の一工夫をなし、二月末にも最初の船を江戸に送り出したく考えおり候。

そなたには苦労の掛け通しなれど、豊後関前藩の財政立て直しに最後までお付き合い下されたく願い上げ候。

なお江戸藩邸物産所所属としてすでに別府伝之丈《べっぷでんのじょう》と結城秦之助《ゆうきしんのすけ》を着任させたゆえ、向後よろしくお引き回し下されたく願い上げ候。文末になりしが、お互いよ

き新年にならんことを祈願して筆を擱《お》き候　中居半蔵〉
（中居様も苦労をなさっておられるな）
と遥か二百六十余里も離れた豊後関前の年の瀬に思いを馳《は》せた。
磐音は半蔵の文を封に戻すと夜具をひっぱり出し、火鉢のかたわらに敷き伸べた。
年はすでに安永四年（一七七五）へと変わっていた。
袴《はかま》を脱ぎ捨てただけで、冷たい夜具にごろりと横になった。

磐音は外の騒ぎで目を覚まさせられた。

障子の向こうにはまだ薄闇《うすやみ》があった。

「大家さん、正月元日の朝だぜ。大騒ぎして起こさねえでくれよ」

通いの植木職人徳三《とくぞう》の声が響いた。

「馬鹿野郎、そんなこと言ってるから、いつまでも梲《うだつ》が上がらないんだぞ。元日の早朝に若水《わかみず》を汲《く》んで福茶《ふくちゃ》を飲む。これが年の始めの習わしだ」

今度は大家の金兵衛の声が応じた。

磐音はごそごそと夜具から這《は》い出し、帯を締め直して長屋の戸を開けた。すると井戸端で、裃《かみしも》に身を包んだ金兵衛が、小柄な体の胸を張って店子《たなこ》たちを睥睨《へいげい》していた。

「おはようござる」

「坂崎さん、お武家のおまえさんがそんな挨拶をしてどうなさる。一年の計は元旦にあり。若水を汲んで福茶を淹《い》れ、これを喫してようやく年が明けるというもんだ。挨拶は、はい……」

「……おめでとうござる」

「大家さん、元旦くらいゆっくり寝かせてくんな」

「年寄りの早寝早起きとはよく言ったもんだ」

長屋の連中からぼやき声が上がった。

磐音は金兵衛の頑張る井戸端を見た。

井戸の周りには注連縄《しめなわ》が飾られ、新調の手桶《ておけ》にも輪飾りがあった。

どうやら金兵衛の仕事らしい。

「大家さん、若水若水と言うけど、長屋の井戸は掘り抜きじゃねえよ。ただの貯め井戸じゃねえか。それでも若水かねえ」

江戸で掘り抜き井戸を持つのは大名、旗本屋敷、豪商分限者《ぶげんしゃ》、湯屋、豆腐屋と水商売くらいのものだろう。

江戸町民の大半の飲み水は上水を貯めた井戸だ。

「亀吉、要は気の持ち方だよ」

と決め付けた金兵衛は、手桶の水を長屋じゅうの店子に注《つ》ぎ分ける気だ。

「仕方ねえ。かかあ、なんぞ器を持ってこい」

住人たちがそれぞれ鍋《なべ》や薬缶《やかん》を取りに戻った。

磐音も薬缶を提げて井戸端の行列に並んだ。すると金兵衛が若水を注ぎ分け、甲州梅、大豆、山椒《さんしょう》の粒の三種をそれぞれに分け与えた。

福茶はこの小粒の梅と大豆と山椒の実を煮立てて作るのだという。

「坂崎さん、おまえさんは独り者だ、うちに来て上がりなされ」

と金兵衛に命じられた。

「そういやあ、大家さんと旦那は独り者同士だ。仲良く福茶を上がりなせえ」

厄介払《やっかい》いと思ったか、五作が二人を木戸の外に追い立てた。

仕方ない。

磐音は金兵衛に従い、正月早々、大家の家に上がり込む羽目になった。すると居間には、おこんが年の内に届けた御節《おせち》料理の数々がすでに並んでいた。

「まず福茶をな」

金兵衛が手際よく福茶を煮立てて、磐音に供してくれた。

「いただきます」

磐音は福茶を喫したが、

「大家どの、あまり美味《おい》しいものではありませぬな」

「気持ちのものですよ」

金兵衛に叱《しか》られて仕方なく飲み干した。

「旦那」

玄関先に、今しがた別れたばかりの五作と亀吉が連れ立って立っていた。

「福茶が済んだ時分だろう。どうだい、初湯に行かねえか。大家さんの面を見てるより、さっぱりすると思うがねえ」

(それはよいな)

と磐音が思ったとき、金兵衛が立ち上がって袢を脱ぎ捨て、

「大家と店子、四人で連れ立って行くとするか」

と言い出した。

「なんでえ、旦那を助け出すつもりで来たら、大家までついてきちゃったぜ」

棒手振りの亀吉が嘆いた。

「今年もいいことはなさそうだ」

五作も小さな声でぼやいた。

「五作、亀吉、お捻《ひね》りを持参したか」

紋日《もんび》の正月は、湯屋の客は十二文を半紙に捻って番台の三方《さんぽう》に積み上げる仕来《しきた》りだ。

「初湯に行こうというお兄さん方だ、あたぼうよ」

五作が懐からお捻りを出してみせ、磐音が慌てた。

「それがし、うっかり忘れておった」

「そんなこったろうと、うちのかかあが旦那の分もくれましたぜ」

五作が懐からもうひとつお捻りを出してみせた。

助かった、と叫んだ磐音は、

「暫時《ざんじ》、待ってもらいたい。手拭《てぬぐ》いを持ってくるでな」

と言いおくと急いで長屋に戻り、着替えと手拭いを手にした。

今年も正月早々なにやら起こりそうな予感がした。

（ともあれ一日一日をしっかりと生き抜くしかあるまい）

差し当たって松の内に伊代の祝いの品を考えねばと思いながら、長屋を出た。

すでに金兵衛ら三人が木戸口で待っていた。

元旦の光が六間堀の方角から、
すうっ
と金兵衛長屋の前の路地に射《さ》し込んだ。

「明けましておめでとうございます」

金兵衛が初日の出に向かって手を合わせた。

三人もそれに倣《なら》った。

「さて、湯に行こうか」

金兵衛に引率される格好で四人は猿子橋を渡り、六間湯に向かった。

二

初湯に浸《つ》かった磐音は、春めいた山吹鼠《やまぶきねず》の小袖《こそで》に着替えた。年の瀬に今津屋から頂戴したもので、おこんの見立てだ。

羽織も袴もかなり草臥《くたび》れていて、とても正月に着られるものではなかった。第

一、粋な色合いの小袖に合うものではない。

元日の江戸は無風の上に穏やかな陽射《ひざ》しが散って温かかった。

磐音は羽織袴を諦《あきら》めた。

着流しの腰に大小を差して金兵衛長屋を出たのは昼前のことだ。

磐音はのんびりと元日の江戸の町を見物してそぞろ歩きながら、両国橋を渡ろうと考えていた。すると六間堀の河岸で鰻《うなぎ》捕りの幸吉《こうきち》と幼馴染《おさななじ》みのおそめに会った。

二人とも今日ばかりはこざっぱりした晴着を着ていた。

「浪人さん、おめでとう」

「坂崎様、おめでとうございます。本年もよろしくお願い申します」

と声を揃《そろ》えるように二人が年頭の挨拶を述べた。

「幸吉どの、おそめちゃん、おめでとうござる。こちらこそ本年もよろしくお願い申す」

幸吉は深川暮らしの師匠である。宮戸《みやと》川《がわ》の鰻割《さ》きの仕事も、金兵衛と幸吉が世話をしてくれたようなものだ。

二人は富岡八幡宮《とみおかはちまんぐう》に初詣でに行くのだという。

「よいところで会った。幸吉どの、おそめちゃん、それがしのわずかばかりの気持ちじゃ」

用意していたお年玉を二人に渡した。

「浪人さんからお年玉を貰うとは、夢にも思わなかったぜ」

遠慮するおそめの分も幸吉が受け取り、一つをおそめに渡した。そして、自分の包みをさっと開けた。

「二朱も入ってらあ。浪人さん、気張ったな」

おそめは幸吉の無作法に呆《あき》れ顔だが、男たちは屈託がない。

「年の瀬に今津屋で働かせてもらったからな」

「ありがとうよ」

おそめは困惑の体《てい》のままだ。

「あたし、貰っていいのかしら」

「おれが貰ってるんだ。おそめちゃんも大人の気遣いには素直になるもんだぜ」

「だって、あたし、坂崎様になにもしてないわ」

「お年玉だぜ。するしないのもんじゃないぜ。正月の挨拶みてえなものだ。なあ、浪人さん」

「そういうことだ。それがしの代わりに賽銭《さいせん》をいくらか富岡八幡宮に納めてきてもらいたい」

「よし、浪人さんがもちっと稼げるように、おれが代わりに頼んでやるよ」

二人が猿子橋を渡って小名木《おなぎ》川の高橋へと向かう背を見送り、磐音は両国橋に足を向けた。

昼前の両国東広小路にはすでに大勢の人々が押しかけていた。屠蘇《とそ》をいただき、雑煮を食べた連中が早々に遊びに来たのだろう。両国橋の上も年始に向かう武家と供でごった返していた。

町屋では、大晦日の夜遅くまで働いたお疲れ休みで、元日の年始回りは行わない。

だが、大名家の江戸藩邸や高家《こうけ》旗本では元日から表門を開いて、玄関先に御用人が新年の使いを待ち受けていた。

なにしろ六つ半（午前七時）には、徳川一門と譜代《ふだい》大名の元日御礼登城があるのが武門の習わしだ。二日は外様《とざま》大名、三日は諸大名の嫡子《ちゃくし》登城と続く。

旗本家でも御目見《おめみえ》以上は、家格に準じて三が日のいずれかに登城する。

磐音は、いつもとは様子が異なる両国橋の上や川面などをのんびりと眺めながら歩いていった。

流れの上には、風流にも品川沖に初日の出を見物に行ったふうな屋根船が、どこをどう回ったのか、どこへ行こうとするのか、上流へと向かっていた。

大川端では凧《たこ》がいくつも青い空に上がっていた。

磐音は橋を渡って両国西広小路に入った。

こちらも一段と賑やかだ。

筵《むしろ》掛けの見世物小屋が並び、

「東西東西！　東下りの軽業でござい。ささっ、お兄さん、見ていかんか入らんか。なんや、銭がないてか。正月早々しみったれやな」

「なにぬかしやがる。こちとら江戸っ子だ、銭なんぞうなるほどあるんでえ」

「ならば入ってんか」

「ただ手元にねえだけだ」

「なんや、すかんぴんかいな。早うあっちへいんでくれ」

と掛け合っていた。

磐音は広小路の雑踏を抜けて、米沢町の角に分銅看板を掲げる今津屋に辿りついた。

今津屋は三が日休みが決まりだ。それでも取引のある大名、高家旗本の留守居役やら御用人が年賀の挨拶に訪れる。だが、今年は内儀《ないぎ》のお艶《えん》の喪中ゆえ、

「年初めの挨拶」

はお受け致しかねますと年の内に断りを入れてあった。だから、訪ねる人もない。それでも、通用口だけは開けられていた。表はきれいに箒《ほうき》の目が入り、清々《すがすが》しくも打ち水がしてあった。

戸口には松飾りも飾られていた。

「おめでとうございます」

磐音の声に振場役《ふりばやく》の新三郎《しんざぶろう》が、

「坂崎様、そろそろおいでの頃と思っておりました」

と迎え、

「新年おめでとうございます。本年もどうぞよろしくお願い申します」

「こちらこそよろしくお願い申す」

鏡餅《かがみもち》が飾られた広い店先は正月の設《しつら》えで、いつもとは雰囲気が違って見えた。

いつもならこの刻限、両替屋行司の店先は兌換《だかん》の客や為替《かわせ》を組む人々でごった返していた。それが三が日だけは銭勘定はなしだ。

「どうぞお上がりください」

新三郎に招じられた磐音は、いつもの癖でつい台所に向かおうとした。

「坂崎様、今日ばかりは旦那様から奉公人一同揃って、奥座敷でお屠蘇をいただくのでございますよ」

と奥へと案内された。

大広間を中心に三つの座敷の襖が取り払われて膳《ぜん》が六十以上も並んでいた。さすがに大勢の奉公人が働く今津屋だ。

おこんが女衆《おんなし》を陣頭指揮して忙《せわ》しなく立ち働いていた。

今津屋の内儀のお艶が亡くなったのは昨秋のことだ。

本来ならば正月の祝い膳の指揮はお艶の役であったろう。だが、元々お艶は体が弱く、おこんがその代役を前々から務めてきたので、慣れたものである。

「おおっ、見えられたか」

羽織袴姿の老分の由蔵がせかせかと立ち現れ、

「まずは旦那様にお慶賀を」

と吉右衛門《きちえもん》のもとに案内した。

今津屋吉右衛門は仏間にいて、会話でもするように位牌を見ていた。

先祖の位牌やお艶の霊前に若水を上げ、新年の挨拶をしていたらしい。

磐音は手にしていた包平を仏間の入口に置くと正座した。

「今津屋どの、老分どの、新年明けましておめでとうございます。旧年中は格別にお世話になりました」

と、主《あるじ》と老分番頭に年頭の挨拶をした。

「坂崎様、こちらこそお艶のことでいろいろと面倒をかけましたな。今年もよろしくお願いします」

「後見、おめでとうございます。今年もよしなにお願い申します」

相次いで挨拶を返された磐音は吉右衛門に断ると、今津屋の仏壇の前に進み、線香を手向《たむ》けて、お艶に新年の挨拶をした。

「お艶が逝って早や五月《いつつき》余り、短いようで長《なご》うございましたよ」

吉右衛門がしみじみと言った。

磐音は返す言葉もなくただ頷《うなず》いた。

「昨年もまたいろいろとございましたが、なんといってもお内儀様が亡くなられたのが一番堪《こた》えました」

由蔵の気持ちも正直だった。

「ぽっかり空いた胸の穴が埋まらずに困っております」

「旦那様」

さすがに由蔵も言葉が続かない。

三人はしばしお艶の面影を追った。

廊下に足音がして晴れやかな島田髷《まげ》に結い上げたおこんが姿を見せると、

「お膳の仕度ができました」

と報告した。そして、磐音に気付き、

「あら、来てたの」

「おこんさんは忙しく立ち働いておられたゆえ素通りいたした。おめでとうござる」

慌てて磐音の前に座ったおこんが、

「明けましておめでとうございます。本年も相変わりませずよろしくお願い申します」

「こちらこそ」

「若い連中は待ちくたびれておりましょう。ささっ、大広間に行きましょうかな」

と由蔵が吉右衛門に声をかけた。

新年の祝いの席にはすでに奉公人らが居並んでいた。

吉右衛門が座る上座の床の間には、三方に松竹梅が飾られ、その手前には米が敷かれた上に橙《だいだい》、蜜柑《みかん》、橘《たちばな》、串柿《くしがき》、伊勢海老《えび》などが盛り飾られてあった。蓬莱《ほうらい》である。

吉右衛門がその蓬莱の前に座り、かたわらに老分の由蔵が、筆頭支配人の林蔵《りんぞう》がという具合に、序列に従い、左右に分かれて座っていく。さらに末席の小僧の後ろには女衆が居流れている。

由蔵の隣に二つ席が空いていた。

「ささっ、後見どのはこちらに座った座った」

由蔵が磐音を手招きした。

「それがし、今津屋の居候のようなものにござる。かような上座では心苦しい」

「なにをおっしゃいます。坂崎様は今津屋の後見にございますぞ」

後見と由蔵が呼ぶのは、お艶の死の前後に吉右衛門が伊勢原にいて江戸を留守にしたとき、吉右衛門に請われて由蔵の相談役に就いたからだ。とはいえ、磐音に両替商のなにができるわけではない。

由蔵が判断に困ったとき、相槌《あいづち》を打つ程度の相談役を務めたことがあったのだ。

その折り、店では、

「後見」

と呼ばれていたのだ。

「老分さんの意見には従うものよ」

おこんが磐音の手を引くようにして由蔵のかたわらに座らせ、その横におこんが座った。

屠蘇が若い順に注がれ、最後に吉右衛門の盃《さかずき》に注がれた。

屠蘇は出入りの医師が患家に配る習わしで、赤い絹の袋に入れられ、年末から井戸水に浸してあった。それを若水取りのときに取り上げて、銚子《ちょうし》の酒に入れるのだ。

奉公人全員が顔を揃えたところで吉右衛門が、

「新玉の年が明けましておめでたい。昨年はお艶が身罷《みまか》り、皆々には迷惑をかけました。未だ喪中の正月ゆえ、派手なことは差し控えますが、元日くらいは座を囲んで楽しく無礼講で参りましょう。今年もよろしゅう願います」

と年頭の賀を述べ、奉公人一同が、

「おめでとうございます」

と唱和した。

一年の邪気を払う屠蘇を飲んで、新年の宴が始まった。

「屠蘇よりも清酒のほうがいいでしょう」

とおこんが磐音の盃を満たしてくれた。

吉右衛門の盃には由蔵が注いでいた。

「金兵衛どのと一緒に初湯に行きました」

「あら、正月早々金兵衛さんにつかまったの」

おこんは父親のことをどてらの金兵衛さんとか、金兵衛さんとか呼んだ。

「長屋全員が若水取りに起こされた」

「それはえらい災難だったわね。年寄りになるとだんだんと堪《こら》え性がなくなるのかしらねえ。自分がいいと思い込むとみんなに押し付けちゃうのよ」

「なにっ、おこんさん、それは私のことかな」

と由蔵が口を挟んだ。

「おやまあ、ここにもどてらの金兵衛さんと似た方がいたかしら」

「金兵衛さんのことか。年寄りという言葉を聞くと、つい自分のことと思ってしまってな」

「老分さん、耳が遠くなった証《あかし》にございますよ」

相場役《そうば》の久七《きゅうしち》がつい会話に割って入り、

「おや、遠いところにいなさるが、おまえ様もよう耳が聞こえるようじゃ。歳を取られたとみえるな」

と反撃された。

「とんだ、藪蛇《やぶへび》だ」、
久七が頭を掻《か》いて一座が大笑いした。

「今津屋どの、老分どの、昨夜、こちらから戻りましたら国表の中居半蔵様から文が参っておりました。手を加えた関前の物産を吟味していただくために、若狭屋に送ったそうにございます」

「おおっ、着々と仕度がなっておりますか」

磐音の父親が国家老を務める豊後関前藩では、年貢の何年分にもおよぶ借財に苦しんでいた。この藩財政を、藩の外から協力して改善しようとしているのが今の磐音だ。

そのことを知った吉右衛門や由蔵が、魚河岸の乾物問屋若狭屋と豊後関前藩との間を取り次いでくれたのだ。というのも、関前の物産の大半が海産物だからだ。この海の幸を藩物産所に集めて、借上《かりあ》げ弁才船《べざいせん》で一気に一大消費地の江戸に運び、高値で取引して収益を上げようと目論んでいたのだ。

「この春先にも江戸に一番船が入りそうですな」

「若狭屋には近々お訪ねして、出来具合の感想を聞いて参ります」

「今年もあれやこれやと忙しい年になりそうね」

とおこんが笑った。

「ところで、おこんさんに相談がござる」

「ござるって、なにかしら」

「若い娘に婚礼の祝いを贈りたいが、なにを買ってよいやら見当もつかぬ」

「どなたか所帯を持たれるの」

「中居様からの文に、わが妹の伊代が春先に家中の者と祝言を挙げるようだと認《したた》められていた。なにしろ関前藩は財政破綻の昨今ゆえ、祝言といっても内輪だけのものになろう。至らぬ兄ではあるが、妹の祝言をなんぞで祝ってやりたいのでござる」

「そんなことより祝言に帰らなくていいの」

「藩を抜けたそれがしゆえ、いかに内輪の席とはいえ家中の方々が列席される場に出るわけにも参るまい」

「坂崎さんは無給で旧藩のために働いているというのに、伊代様の祝言にも出られないなんて、なんとも損な役回りね」

と応じたおこんが、

「明日は初売りよ。伊代様の晴れ着でもなんでも安く買えるわ」

「どこに参ればよいかな」

「おこんにお任せなさいな」

と、どんと胸を叩いた。

「坂崎様、そうとなれば今日はゆっくりと正月酒を楽しみなされ。初売りは早朝が勝負、店に泊まっておこんさんに同行してもらうことですぞ」

と由蔵が言い、

「旦那様、妹御の御婚礼となれば、今津屋でもなんぞ考えねばなりませぬな」

とすでに酒に酔った由蔵が言い出した。

「老分どの、おこんさんとは内密な話にございます。お聞き流しくだされ」

「えらい内緒話があったものです。この由蔵の耳に入った以上、そうは参りませんよ」

と由蔵の視線が吉右衛門に向けられた。

「老分さん、さようなことは、おこんに任せておけば万事間違いありませんよ」

「そうでした、そうでした」

六十余人の正月の宴はいつ果てるともなく続いていた。


元日の昼下がり、数寄屋橋《すきや》御門の南町奉行所では、年番方与力《ねんばんかたよりき》の笹塚孫一《ささづかまごいち》が御用部屋で火鉢に網をのせて餅《もち》を焼いていた。そのせいで餅の香ばしい香りが廊下にまで漂《ただよ》っていた。

机の上には訴訟の書類が山積みになり、今にも倒れそうだ。そのかたわらに鏡餅が飾られてあった。

江戸の治安を守る南北の町奉行所では、正月といって与力同心がのんびりと休めるわけもない。

徳川一門の大名家から長屋の八っつぁん、熊さんが屠蘇気分で町を徘徊《はいかい》する正月は、なにかと騒ぎが起こりやすいのだ。

安永四年の正月は南町奉行所が月番で、与力二十五騎、同心百二十五人を束ねる年番方与力は大晦日から奉行所に詰めていた。

大晦日はなんとか平穏無事に済んだ。

「笹塚様、醬油《しょうゆ》はありましたが海苔《のり》は見つかりませぬ」

例繰方《れいくりかた》同心の初老の逸見五郎蔵《いつみごろぞう》が、皿と醬油と箸《はし》を盆に載せて運んできた。

定廻《じょうまわ》り同心も臨時廻りも正月の雑踏に出動していた。

奉行所に残るのは騒動の記録簿を管理する逸見くらいだ。

「なに、海苔がないか」

「台所には女衆一人見当たりませぬ」

「元日では致し方ないか」

腹を空《から》かせた笹塚孫一と逸見は焼いた餅に醬油を塗って、もう一度網にのせた。

すると餅と醬油が絡み合って焦げるいい匂《にお》いが漂った。

「男二人、元日早々に餅で腹を満たすとは、なんとも悲しゅうございますな」

「逸見、そう申すな。町奉行所で餅を焼いて食えるほどに町は平穏ということよ」

「いかさまさようでございます。笹塚様、ほれ、そっちの餅は焼きあがりましたぞ」

ふっくらと餅が膨らんで、笹塚が箸を伸ばした。

そんな最中、江戸を騒がすことになる一件はすでに起こっていたのである。

だが、未だだれもそのことを知らなかった。

三

初売りの朝、おこんに伴われた磐音は駿河《するが》町の呉服商越後屋《えちごや》を訪ねた。

越後屋を興した三井八郎兵衛《はちろべえ》高利《たかとし》は、言わずと知れた呉服商いに新風を巻き起こした伊勢松坂出身の風雲児だ。

謳《うた》い文句は、

「現金掛け値なし」

であった。

越後屋が最初本町一丁目に呉服店を開いたのが延宝《えんぽう》元年（一六七三）で、天和《てんな》二年（一六八二）には駿河町に絹織物と木綿物を扱う南北二店を店開きしていた。

江戸屈指の商人を井原西鶴《いはらさいかく》は『日本永代蔵』で名を変えてこう描く。

「三井九郎右衛門という男、手金の光、むかし小判の、駿河町と云う所に、面九間に四十間に、棟高く、長屋造りして新棚を出し、万《よろず》現銀売にかけねなしと相定め、四十余人、利発手代を追まわし、一人一色の役目……」

この越後屋を急成長させた秘密は、

「店前売り（店頭販売）」

「即座仕立て」

という、客の要望に応《こた》える戦略であった。

それまで呉服商いは、番頭が小僧や手代に荷を担がせて屋敷を訪問して売り込み、代価は年貢米の両替される年に数回の時期を外さぬよう取り立てに行った。この方法では当然掛け値をしなければやっていけない。手元不如意を理由に取り立てができない場合もある。

「呉服は高いもの、あるとき払いの催促なし」

から、

「安値現金掛け値なし」

へと脱皮して成功したのが三井越後の商法だった。

天和から九十二年あまり経って、越後屋はさらに商いを大きくしていた。

駿河町の辻《つじ》のほとんどを、本瓦葺《ほんがわらぶ》き土蔵塗り漆喰《しっくい》仕上げの堂々たる越後屋一店で占めていた。

三井越後屋じゅうが初売りの客に沸いていた。端切れや安物を売る一角から、縮緬《ちりめん》以上の高級品を売る棚前と、客層に合わせて番頭や手代が待機していた。

おこんは、朝早くから女たちが群がる三井越後屋の暖簾《のれん》の一角から店先に入った。

「おこん様、明けましておめでとうございます」

おこんと磐音は馴染みの番頭に迎えられた。

おこんも番頭に年賀の挨拶を返し、祝言の祝いに贈る反物が見たいと用向きを述べた。

「春先から祝言話にございますか。おめでたい話にございますな。精々お手伝いをさせていただきましょう。そのお嬢様はお武家様にございますかな」

番頭は着流しの磐音をちらりと見た。

「そう、この方の妹様が豊後の関前で祝言を挙げられるの。お相手はやはりお武家様です」

「それならば、長くお召しになれるものがようございましょう。京と金沢からいくつか荷が入っておりますでな、お持ちしましょう」

磐音がぼーっとしている間に、おこんと番頭はあれやこれやと話し合い、白地に四季の花模様を散らした加賀友禅を選び、仕立ても頼んだ。

二人が店を出たのは一刻《いっとき》（二時間）あまりが過ぎた頃だった。

値は仕立て代込みで八両二分。

磐音にとって思いもかけない値だった。が、せっかくおこんが選んでくれた品だ、なんとか工面せねばと胸の中で思った。

持ち合わせのない磐音に代わって、おこんが立て替えた。

「松の内が明けたら、お返しに上がります」

磐音はなにもしないのにひどく疲れた気分だ。だが、おこんは生き生きとして、

「そんなことよりもお次は」

と足を日本橋に向けた。

「おこんさん、まだどこぞに行かれるか」

「今度は今津屋からの贈り物よ」

「それは気持ちだけでけっこうにござる」

「旦那様と老分さんからお許しをいただいているのよ。私が腕によりをかけて見《み》繕《つくろ》ってあげる」

「そのように張り切らぬでもよいが」

「金は天下の回り物。回ってこそ、世の中の景気が上向くのよ」

おこんは晴れ着姿で賑わう日本橋をすたすたと渡る。さすがは深川育ち、動作がきびきびしていて、とても商家の奉公人とも思えず、すれ違う男たちが、

「おや、今津屋のおこんさんだぜ。いつ見てもいい女だねえ」

「錦絵にして売り出そうというのを断った女だろう。さすがは威風辺りを払って堂々としたもんだ」

などと言い交わしていく。

おこんはそんな男たちの言葉など気にするふうもなく、日本橋から東海道を南に向かった。

おこんが次に立ち寄ったのは、南塗師《ぬし》町の小間物商京優喜だ。さすがに初売りとはいえ、店頭がざわざわと込み合うことはない。

ここでもおこんは馴染みとみえて丁重に迎えられた。

磐音は付けられた値にただただ圧倒された。祝いの品とはいえ、あまり高価なものを選んでくれねばよいがという磐音の気持ちをよそにおこんは、

「華やかさの中に香気があるわ」

と花籠《はなかご》文様象牙櫛《ぞうげぐし》に揃いの簪《かんざし》を求めた。

磐音は京優喜の店から出たとき、一つ吐息をついた。

おこんが支払いを済ませて通りに姿を見せた。さらに顔が上気して晴れやかだ。

その腕には購《あがな》ったばかりの髪飾りの包みが抱えられていた。

「どこかで甘いものでも食べて行かない」

とおこんが言ったとき、

「坂崎さん、おこんさん」

という声がかかった。

二人が振り向くと、正月というのに険しい顔をした南町奉行所定廻り同心の木下一郎太《きのしたいちろうた》が小者《こもの》を伴い、立っていた。

「おめでとうございます」

と年賀を口にする二人に、一応新年の挨拶を返したものの、

「あまりおめでたくない御用に向かうところです」

と一郎太が答えた。

「なにかありましたか」

「尾張町の草履商備後屋の一家と奉公人が毒殺されたそうです。笹塚様はすでに

出張《でば》っておられます」

「尾張町の備後屋ですか」

と呟《つぶや》いた磐音はおこんに、

「すまぬが、一人で先に帰ってもらえぬか」

と頼んだ。

「買い物が済んだからって、私を放り出すつもり」

「ちと事情《わけ》がある。あとで話します」

と断り、

「今津屋に戻ってくるわね」

と念押しされておこんと別れた。

一郎太が不思議そうな顔で訊いた。

「坂崎さんにも同道してもらえるのですか」

「尾張町の備後屋とはちと気にかかることがあります」

一郎太は訝《いぶか》しげな顔をしたが、なにも言わなかった。二人はおこんが去ったのと反対の京橋へと向かった。

草履を扱う備後屋は江戸でも名代《なだい》の店で、東海道に面した尾張町に間口十二間の堂々たる店を構えていた。だが、松飾りが飾られた表戸は固く閉じられ、通用口だけが開いて、戸口に奉行所の小者が二人立っていた。

磐音は一郎太に続いて備後屋に入った。

店先には初売りのための荷が山積みされていた。だが、一つとして売られた形跡はなかった。

「初売りのため店に出てきた通い番頭が異変に気付いたのが、つい一刻も前のことです」

一郎太が説明し、薬と血が入り混じったような生臭い臭《にお》いがする奥へ向かった。

凶行の場は、奥座敷の新年の祝い膳の場だった。

「これは……」

「なんと」

さすがの磐音も一郎太も言葉を失った。

ひっくり返った膳の間に、備後屋の家の者と奉公人たちが苦悶《くもん》の表情も酷《むご》く、血を吐き、手先で喉《のど》を掻き毟《むし》り、畳に爪《つめ》を立てて死んでいた。

奉行所付きのお医師が検死中で、そのかたわらには南町奉行所の切れ者与力、笹塚孫一が異彩を放って立っていた。

背丈は五尺そこそこ、その分、知恵が詰まった大頭が小さな体の上にのってい
た。

陣笠《じんがさ》まで被《かぶ》った大頭与力が磐音を見て、

「早かったな」

とまるで自分の配下のような言葉をかけた。

「南塗師町で偶然にも木下どのに会いまして」

笹塚が磐音を待ち受けるふうに座敷から廊下へ出た。

磐音と一郎太が従う。

「屠蘇の中に石見《いわみ》銀山《ぎんざん》が入れてあったのだ。備後屋では屠蘇を全員で祝う習わし
のようでな、主の備後屋光右衛門《みつえもん》の一家五人、住み込みの奉公人の十二人が屠蘇
を一息に飲んで殺された」

「なぜまた備後屋はそのような目に遭《お》うたのですか」

「はて、下手人が死んでおるゆえ真相の解明には時間《とき》がかかろう」

「下手人は分かっているのですか」

「住み込みの二番番頭の佐平だ。こやつが石見銀山を仕込んでおいて、全員を殺

し、自らも石見銀山を飲んで、井戸に飛び込んでおる」

「十八人が亡くなられましたか」

「正月早々、なんとも痛ましい話じゃ」

「佐平の死体はどこにあるのですか」

「まだ井戸端にある」

南町奉行所の与力同心百五十人を指揮する笹塚孫一は、気軽にもひょこひょこと廊下から台所に向かい、さらに下駄《げた》を突っかけて裏庭の井戸へと出た。するとそこには磐音の顔見知りの初老の定廻り同心立川勇士郎《たちかわゆうしろう》がいて、その足元には、筵の上に水浸しの死体が仰向けに寝かされていた。

「おや、珍しいお方がおいでになりましたな」

立川が言うのに磐音は会釈《えしやく》した。

「こやつが、正月早々どえらい騒ぎを引き起こした佐平にござる」

磐音は男の風貌を見た。

死体は、苦悶とも恐怖ともつかぬ表情を顔に残していた。大晦日とは少しばかり風貌が異なっているように見えた。毒死して水に浸かっていたのだ、当然といえば当然だろう。

「さて、こやつがなぜ、かような大事をしでかしたか」

笹塚孫一が自問するように呟いた。

「笹塚様、佐平が大晦日に掛取りの五十両を掏られたという届けは、奉行所に出ておりますか」

笹塚が磐音にぐいっと視線を向けた。

一郎太も立川も磐音を見た。

「そなた、一郎太に出会ってただついてきたのではなさそうだのう」

「除夜の鐘が鳴る時分に、両国橋の上でひと騒ぎがございまして……」

と目撃したことを磐音は話した。

「なんとこやつ、掏摸に遭うておったか」

と言って笹塚は佐平の顔を見た。

「笹塚様、ただ今の坂崎どのの話ですべて符牒《ふちょう》が合いましたな。こやつ、大事な掛取りの金を掏られて店に戻り、こっぴどく旦那に叱られた。おそらく、暖簾分けのために貯めてきた金子から五十両を取り立てるくらいのことは言われたのかもしれませぬな。なにしろ備後屋光右衛門は、金には事のほかきびしいと巷《ちまた》でも評判にございますからな」

「立川、それを恨《うら》みに思うて、佐平が一家全員と奉公人を皆殺しにしたというか」

「辻褄《つじつま》が合いまする」

「錯乱したにしても、ちと用意周到とは思わぬか。除夜の鐘時分に金子を紛失し、その数刻後には正月の屠蘇に石見銀山を仕込むか。あまりにも事を性急に運んではおらぬか」

「笹塚様に言われればそのとおりにございますが、なにしろ男やもめで、五十両を掏られたり、主に怒られたりと、平静を失っておりますからな」

立川が自説を主張した。

「坂崎」

と笹塚が磐音の顔を見た。

「備後屋の商いはいかがにございますか」

磐音が訊いた。

「手堅い商売であったそうな」

「身代はいかほど残っておりますか」

「今、二人の通い番頭が蔵に入って中を調べておる。おそらく二千両や三千両は、当座の商いの金とは別に残していようという話だ」

「坂崎、なんぞ考えておるな」

知恵者の与力が磐音の顔を覗《のぞ》いた。

「佐平は年も押し詰まってどこの屋敷に掛取りに行ったのか。屋敷では五十両を返してくれたのか。佐平はほんとうに掏摸に遭うたのか、そんなことを漠然と考えておりました」

磐音を正視した笹塚が、

「蔵に行く、そなたも参れ」

と磐音に命じた。

蔵は主一家の住居の一角の内蔵で、鉄扉の向こうに行灯の光がちらちらしていた。

「立花《たちばな》、備後屋の身代は見つかったか」

笹塚が見習い同心の立花大二郎《だいじろう》に尋ねた。

磐音が初めて見る顔だ。二十歳前の初々しさがあった。

「それが、意外にも金子が少ないのです。ただ今のところ、店の商いの金子とは別に三百四、五十両しか残されておりません」

「二、三千両は下らぬという話ではなかったか」

「大番頭の青蔵《せいぞう》も三番番頭の陽太郎《ようたろう》もおかしいと首を捻って、あちらこちらを探している最中でございます」

「大番頭を呼んでくれ」

内蔵から姿を見せたのは、お屠蘇気分もすっかり飛んだ青蔵だ。歳の頃は六十をいくつか超えたところか。

「備後屋の初売りの刻限はいつだ」

「うちは四つ（午前十時）と決まっておりますので」

「異変に気付いたのはそのほうだな」

「はい。戸が閉じられておりますのでびっくりして潜《くぐ》り戸を開き、嫌な臭いに気付きました。座敷の惨状を見て、腰が抜け、奉行所までどう走ったか、覚えておりません」

「気の毒したな」

と年寄りの大番頭を労《ねぎら》った笹塚が、

「金子が少ないそうだな」

「これまで旦那様のお話を洩れ聞いたり、長年の商いの儲《もう》けを考えたりしますと、二千両や三千両の金がなくてはならぬはずでございます。それが四百両足らずとは」

「当座の商いの金はどうだ」

「こちらは大晦日に私がぴたりと合わせました。二百七十三両二分と銭三百五十二文がそっくり銭箱に残っております」

「おかしいな」

「はい。おかしゅうございます」

と青蔵が言った。

「青蔵、佐平が大晦日掛取りに行った先はどこだ」

「四谷の佐竹様と思いますが」

「いや、両国橋を渡った深川に得意先はないか。佐平は除夜の鐘の鳴る時分に、橋の上で掛取りの五十両を掏られたと騒ぎを起こしておる」

「そんなばかな」

と青蔵が叫んだ。

「いえ、私はさようなことはまったく知りませぬ。掛取りに行った番頭も手代も全員が五つ（午後八時）には戻りまして、昨年の帳尻はすべて合わせ、蔵に金子も帳簿も仕舞い、通いの私どもも五つ半（午後九時）には店を出ました。その後に佐平が店を出たとは考えられません」

「旦那が直《じか》に命じたか」

「いえ、旦那様が私を措《お》いてそのようなことを佐平に命じられるなどありえません」

青蔵はなんとも訝しげな顔をして、

「両国橋の方は別人でございましょう」

と言い切った。

そこへもう一人の番頭の陽太郎が同心の立花と現れ、

「大番頭さん、あれ以上は金子が見つかりません」

と報告した。

陽太郎は四十前後の男で、伏し目がちな顔が暗い印象を与えた。

笹塚が今一度、佐平が出会《でくわ》した大晦日の掏摸騒ぎを告げて、

「旦那に叱られた佐平が錯乱いたし、一家を皆殺しにして、自殺したと思うかどうか」

と二人の通い番頭に訊いた。

「そんなばかな、二番番頭さんに限ってございません」

と陽太郎が叫び、青蔵も、

「私は佐平が深夜に掛取りに行かされたなんて信じません」

「だが当人は、殺された皆と違い、石見銀山を飲んだ後、井戸に飛び込んでおるのだぞ」

笹塚がさらに問うた。

「なんとも不思議なことにございます」

青蔵が何度も顔を横に振った。

「陽太郎どのは通いにございますか」

ふいに着流しの磐音が訊くと、陽太郎はびっくりしたように磐音を見て、

「数年前に旦那様のお許しを得て、外に所帯を持っております」

と答えた。大番頭の青蔵も、

「陽太郎は旦那様の遠い縁戚にございますよ」

と付け加えた。

笹塚孫一と木下一郎太に従い、磐音は正月早々に十八人もの死者を出した備後

屋の店を出た。すでに昼下がりの刻限だが、凄惨《せいさん》な現場が頭にちらついて、さすがの磐音も食欲はなかった。

「坂崎、そなた、どう思う」

尾張町から数寄屋橋の南町奉行所へと向かいながら、笹塚が訊いた。

「佐平はほんとうに掛取りに出たのかどうか、ほんとうに掏摸に遭うたのかどうかが、この一件解決の鍵《かぎ》になりそうですね」

磐音は先ほどと同じことを答え、笹塚が応じた。

「佐平が掏摸に遭うたのを見たと言ったのはそなただぞ」

「はい。確かに尾張町の備後屋佐平を名乗る番頭を見かけました。夢でも幻でもございません」

笹塚孫一が磐音の顔をじっと見つめていたが、

「調べる」

と言った。

「では、それがしはこれにて」

磐音は今津屋に戻るために再び東海道へと引き返した。

四

正月四日、宮戸川の仕事始めである。

いつもの裏庭の井戸端で、磐音が次平《じへい》と松吉《まつきち》を相手に鰻割きの仕事をしていると、親方の鉄五郎《てつごろう》が笹塚孫一を案内してきた。

「どうしても坂崎さんの仕事ぶりが見たいとおっしゃるもんだから」

深川の名物になりつつある鰻屋の名店、宮戸川の親方は困惑の体だ。

松吉は、小さな体に大頭の笹塚がまるで田楽《でんがく》のように腰に両刀を差した姿を、珍しそうに見ている。

「笹塚様、仕事が終わるにはまだ半刻《はんとき》（一時間）はかかりますよ」

手を休めた磐音がのんびりと答えた。

「かまわぬ。仕事を続けよ」

笹塚は答えると、三人が鰻と格闘するかたわらにあった木の切り株に腰を下ろした。

「ならば御免を蒙《こうむ》って」

磐音は竹笊《たけざる》の鰻を一匹摑《つか》み、割き台の上のまな板に目釘《めくぎ》をして止めると、包丁を走らせて一息に背開きにした。

「おおっ、見事見事」

「さすがは直心影流《じきしんかげ》、こつを心得ておるわ」

「おい、若いの。鰻が手元で暴れておるぞ」

と笹塚孫一は、鰻が割かれる度に三人の仕事ぶりの感想を述べて、騒がしいことこの上ない。

「旦那」

次平が恐る恐る言い出した。

「旦那はいいかもしれねえが、こちとらはどうにも落ち着かねえや。あとは松吉と二人でやるから、早仕舞いしてくれねえか」

磐音も苦笑いして、

「南町奉行所の与力どのに一々口を挟まれては仕事にならぬな」

と言うと、手元の一匹を最後に初日の仕事納めをした。

「気にするでない」

「そう騒がれては鰻も成仏できませぬ」

磐音は道具を井戸端に運び、手際よく洗った。さらに手を丹念に洗い流すついでに顔も洗った。

「お待たせしました」

いつもなら宮戸川で朝餉《あさげ》を馳走《ちそう》になり、長屋に戻る前に六間湯に立ち寄る手順だが、南町奉行所の知恵者与力直々に顔を出されたのではそうもいかない。

「邪魔《じゃま》をしたな。次は蒲焼《かばやき》とやらを食しに参る」

小さな体の与力が鉄五郎親方に言い残して表に出た。すると御用船が六間堀に舫《もや》われ、定廻り同心の木下一郎太と御用聞きの竹蔵《たけぞう》親分や小者たちが待機していた。

「地蔵《じぞう》の親分、皆々様、おめでとうござる」

磐音の挨拶に、本所の法恩寺橋際で地蔵蕎麦《そば》を生業《なりわい》にしながら南町奉行所の御用を務める竹蔵が、

「おめでとうございます。仕事先まで笹塚様に押しかけられてお気の毒にございます」

と小さな声で言った。

「それがしよりも、次平どのや松吉どのが気にしましてね」

笹塚と磐音が乗ると御用船は北之橋詰を離れて竪川に向かった。

「笹塚様が鰻割きの見物に足を運ばれたとも思えません。どうなされました」

「そなたの言葉に振り回されて、南町は右往左往しておる」

大頭を振り立てた笹塚が磐音に言った。

「大晦日の除夜の鐘の鳴る刻限、備後屋の佐平がどこぞの屋敷に掛取りに出たのは真実《まこと》かどうか、帰り道、ほんとうに五十両を掏り取られたかどうか、なんぞと判じ物みたいなことを言い残すでな、南町は総出で本所深川界隈《かいわい》の屋敷を探し歩いた」

「佐平ならぬ陽太郎とつながりのある屋敷が見つかりましたか」

「そなた、それを察しておりながらなぜ言わぬ。われらは一日ほど無駄をいたしたぞ」

「それを調べるのは笹塚様方の御用にございます。それがしは鰻割きなどで身過ぎ世過ぎをいたす身にございます」

「そう申すな。坂崎磐音は南町奉行所の一員と思うておるのだからな」

としれっとした顔で応じた笹塚が、

「一郎太」

と呼びかけた。

「両国橋の上で見かけた人物は、坂崎さんの睨《にら》んだとおり、やはり三番番頭の陽太郎でしたよ」

「それがしは、そのようなことはなにも申しておりません」

と答えた磐音だが、佐平と陽太郎が歳格好も背丈も似ていることを気にしていた。

「初詣でに向かう者や仕事帰りの職人衆で込み合う橋の上は、暗い上に人々は気もそぞろでございましょう。そこで掏摸に遭った、五十両を掏られたとひと騒ぎ起こせば、たれの頭にもそのことは記憶されます。その上、五十両を掏られた当人が尾張町の備後屋の佐平風の地味な格好《なり》をして、大見得まで切ったとあらば、見ていた者はそう思い込む。事実、それがしは佐平の名を覚えておりました」

「だが、野郎は名乗ったために尻尾《しっぽ》を出しやがったのさ」

笹塚孫一が言い出した。

「陽太郎と組んだ相手が見つかりましたか」

御用船は六間堀から竪川に出て、舳先《へさき》を東に向けていた。

「陽太郎の野郎、備後屋の遠い縁戚なもんか。光右衛門が若い時分に産ませた子でな、光右衛門の女は、寄合《よりあい》四千三百石の近藤伴継《こんどうともつぐ》様の御用人竹垣九郎平《たけがきくろべい》の姉のいとだ。だが、いとはすでに鬼籍に入っておる。二十数年も前のことでな、今は実弟の九郎平が無役の旗本家の内所《ないしょ》を仕切っているというわけだ」

「…………」

「そなたが言うように、五十両を掏られたのは陽太郎の狂言だ。佐平が大晦日の夜に両国橋を通りかかって、掏摸の被害に遭うて錯乱していたと、往来の者に記憶してもらえばよかったのじゃ」

「陽太郎が組んだのは叔父の九郎平ですか」

「こやつ、旗本屋敷の中間《ちゅうげん》部屋で賭場《とば》を開いて寺銭《てらせん》を掠《かす》め取り、近藤家の内所にも上がりの一部を入れていた。と、ここまでは主思いのいい家来と言えなくもねえ。だがな、半年ほど前に賭場のいざこざで目付《めつけ》に目を付けられるようになって、賭場も大っぴらに開けなくなった。そこで陽太郎と一計を案じて、備後屋の身代に目を付けた」

船は三ッ目之橋を潜り、横川と運河が交差する新辻橋に向かっていた。

両岸はまだ松の内だ。

年始に回る主従や晴れ着姿の娘、羽根を突く子供たちで晴れやかだ。

話の続きは一郎太に代わった。

「この陽太郎が始末に負えない遊び人でした。備後屋では女房の手前もある、正式に陽太郎を倅《せがれ》と認めたわけではありません。当人も奉公を願った最初の十数年は黙々と仕事を覚えて、必死に働いたようです。備後屋では嫡子の茂太郎《しげたろう》にいい後見ができたと喜んでいた時期もあったようですが、手代に昇進した頃から実家に出入りしては手慰みを覚えた。なにしろ手代は外回りが多い、遊ぶ時間を作るくらいなんとでもなりましょう。近頃ではもういっぱしの遊び人で、借金があることなど、殺された光右衛門も薄々気付いていたようです。そこで三番番頭にしたり所帯を持たせたりと、なんとか立ち直らせる努力をしたようですが、一旦遊びの味を覚えた者が立ち直るわけもない。陽太郎のやつ、光右衛門から何度も店を追い出すぞと、きつく言い渡されていたそうです」

「金に窮した叔父の九郎平と備後屋を追い出されようとした甥《おい》の陽太郎が組んで、大晦日から正月にかけて一芝居を打ったと思われる」

笹塚が一郎太に代わった。

「九郎平が、屋敷に鼠《ねずみ》が出て困ると何軒もの薬種問屋から石見銀山を仕入れているのを、うちの探索方が摑んできた。そいつを、年末から仕込んであった屠蘇酒に混ぜたのだろうよ」

「たれが混ぜたと」

「陽太郎だな」

「陽太郎は通いの番頭で、暮れから元日にかけては店にいないのではありませんか」

「あの野郎、両国橋の上で芝居を演じた後、なんらかの理由をつけて店に立ち寄り正月を迎えたようだ。殺された現場からは片付けられていたが、もう一膳、用意されていた。蔵でまだ乾いていない膳が見つかった。元日の祝いの席で苦い屠蘇酒に石見銀山を仕込んで一家を殺した陽太郎は、まだ苦しんでいる佐平を井戸まで運んでいって投げ込んだ。そうしておいて、自分の膳だけは片付けたってわけだ」

「小細工が過ぎますね」

「家に帰っていないのは、女房がすぐに認めた」

「店の身代を盗み出したのは犯行の後のことですか」

「備後屋が正月の膳を囲んだのは昼時分だ。その直後に出入りしてたれかに姿を見られてはまずかろう。おそらく元日の夜から二日の明け方にかけて、九郎平と一緒に蔵に押し入り、金子を盗み出したのではあるまいか。尾張町の備後屋は三原橋に近いゆえ、舟を使えば、近藤様の屋敷に一気に運び込める」

「貯め込まれた金子の一部を残したり、商いの金には手をつけなかったりと、小細工を弄《ろう》したのに、南町奉行所の方々は騙《だま》せなかったわけですね」

「陽太郎と示唆《しさ》したのはそなただぞ」

「おや、そうでしたか」

「この御仁、近頃、なかなか隅に置けぬわ」

笹塚と磐音の掛け合いを、竹蔵らがにやにやと笑いながら見ている。

「ところで、これからどちらへ行かれるのですか」

「松の内に近藤家の中間部屋で賭場を開帳するという話だ。われらが探索しているのを察知したか、陽太郎も旗本屋敷に逃げ込んでおる」

「何千両も稼いだのです。博奕《ばくち》をやって目付に目を付けられることもございますまい」

「これも二人の小細工と見た」

「つまり、金子に窮していると見せかけるための賭場開帳ですか」

「そういうことだ」

「ならば目付と計らい、早々に手を打たれることですね」

「だから、出張っておる」

「それがしには後々のご報告でようございましたが」

「そなたが持ち込んだ一件と言えなくもない。幕引きに立ち会わせぬと、なにやかやと言われるやもしれぬでな」

「それがしがですか」

「おおっ」

と応じた大頭の与力が声を潜《ひそ》めた。

「それに、竹垣九郎平のやつ、今時の御用人には珍しく、田宮流の居合いを遣うそうじゃ。賭場の用心棒もおるでな、そなたを同道した」

磐音が呆れ顔で笹塚を見た。

「年始めの騒動だ、それに目付と合同の踏み込みだぞ、みっともない真似《まね》はしとうない。そなたとてわれらの苦労を知らぬではなし、手伝うことに異論はあるまい」

と笹塚がぬけぬけと言った。

御用船は新辻橋の先で停止した。

「猪子《いのこ》様、ご苦労さまにございます」

笹塚が声をかけたのは一艘《そう》の屋根船だ。

障子が開けられ、黒羽織を着た、武家・旗本を監督糾弾する御目付の支配下、小人《こびと》目付の猪子三郎右衛門《さぶろうえもん》が顔を覗かせた。

「猪子様、出動の指揮方をお願いいたします」

町奉行所は老中支配、御目付は若年寄支配である。

老中支配の町奉行所の格が上といえなくもないが、町奉行所が扱うのは町人、御目付が扱うのは旗本であった。この点では目付が上といえる。

笹塚が、十五俵一人扶持《ぶち》ながら譜代《ふだい》席の小人目付に丁重に指揮権を願った。

なにしろ町方役人は、年番方与力と威張っても御目見以下、

「不浄役人」

と蔑《さげす》まれる身分であった。

「賭場が開かれるというは確かであろうな」

猪子が念を押した。

「昨夜から続けて開かれております。松の内ゆえ昼時分から再び客で込み合うとの報告を受けております」

「よし」

と猪子が頷いた。

「御用人の竹垣九郎平、賭場開帳の罪で目付がまず捕縛《ほばく》いたす。よいな」

「猪子様、われらは備後屋の番頭陽太郎の身柄を押さえまする」

「よかろう」

「備後屋殺しの一件に竹垣が加担しておることが明白なりし暁には、その身柄を町方に回してくだされ」

「町奉行より御目付を通されよ」

猪子は、南町奉行牧野《まきの》成賢《せいげん》自らが御目付に仁義を切れと言っていた。

「承知いたしました」

短い打ち合わせが終わり、御目付と町奉行所合同の踏み込みは待機に入った。

ゆるゆると時間が流れて、昼下がりの八つ(午後二時)、笹塚孫一が近藤屋敷に配置しておいた密偵から、

「賭場が賑わっております」

との報告を受けた。

御目付の屋根船と町奉行所の御用船が新辻橋先の石垣下を離れて、四ッ目之橋

に急行した。

屋根船から猪子三郎右衛門ら五人が、また南町奉行所の御用船を中心に笹塚孫一ら二十数人の同心、小者、御用聞きが河岸に上がった。

寄合近藤伴継家の拝領屋敷は二千三百余坪、屋根の出張った門番所付きの長屋門である。

年賀の客を迎えるよう開け放たれた門の両側に門松が飾られてあった。門番がいかめしく立つ門前に十数人の捕り方が立った。

だが、地蔵の竹蔵ら御用聞きや手先は屋敷の外に待機して、逃げ出す者を誰何《すいか》するよう命じられていた。なにしろ相手は天下の直参《じきさん》の屋敷である。

「なに用でございますか」

門番が慌てて訊いた。

「われら、若年寄支配下御目付である。当家において賭場開帳の通報あり、取り調べいたす」

猪子三郎右衛門が凜然《りんぜん》と言い放ち、門番が驚愕《きょうがく》した。

その瞬間、

「それっ！」

という猪子の合図で、一同が密偵の案内で中間部屋へと走った。

「お取締りにございます！」

中間部屋の前で見張っていた若党が叫ぶのを突き飛ばして、御目付と町方が中間部屋へと飛び込んだ。

笹塚孫一に続いて、磐音も一郎太も従った。

賭場は広い板の間に五間余の盆茣蓙《ぼんござ》を設えて、その周りに留守居役風の武家から旦那衆を集めて行われていた。

その数、およそ三十人。

「若年寄支配下御目付の探索である、大人しゅうなされよ！」

再び猪子が声を張り上げ、賭場の四周に小人目付と同心が立った。

逃げ出そうとした客はその物々しさに愕然《がくぜん》と腰を落とした。

だが、竹垣の雇っていた用心棒たちが刀を抜いて猪子の配下に斬《き》りかかった。

あちらこちらで斬り合いが始まった。

「抵抗する者は容赦《ようしゃ》なく斬る。お慈悲に縋《すが》りたいものはじっとしていよ！」

猪子が叫んだ。

磐音は、騒ぎの間隙《かんげき》を縫《ぬ》って庭へ飛び出した二つの影を認めた。

磐音が追い、一郎太が続いた。

中間部屋の裏戸から旗本屋敷の奥へ逃げ込もうとしたのは、竹垣九郎平と備後屋の番頭陽太郎だ。

「待て！」

と叫ぶ一郎太の声を無視して、竹垣と陽太郎が、近藤伴継一家が住む一角へ逃げ込んだ。

一瞬迷った一郎太をその場に置いて磐音は二人を追った。

庭木の向こうに母屋が見えた。

中間部屋の騒ぎに不安をおぼえた主の近藤伴継が廊下に現れて、聞き耳を立てていた。そこへ御用人の竹垣九郎平と陽太郎が走り込んできた。

「何事じゃ、竹垣！」

「はっ、は」

答えに戸惑う竹垣らの後を追って磐音が飛び込んだ。一郎太も迷いを振り切って近藤家の奥庭へと踏み込んでいた。

「そのほうらは何者か！」

「恐れながら、御用人竹垣九郎平どのと甥の陽太郎に用がある者にございます」

「当家が天下直参の旗本と承知してのことか」

「ははっ、恐れ入ります。されど、近藤様、ここは二人の身柄をわれらにお渡しなされることが当家のおためかと存じます」

「なぜじゃ」

「御用人がしばしば中間部屋を賭場に使うておられることを、主の近藤様はご存じないのでございますな」

「なにっ」

「ただ今、目付の手が入っております」

驚愕した体で言葉を失った近藤伴継に、

「おそらく御用人一存の仕業にございましょう。ならば身柄をお渡しになることです」

「そなたも目付か」

「いえ、それがしはちと町奉行所に縁ある者にございます」

「町奉行所じゃと」

「竹垣九郎平どのは甥の陽太郎と組んで、正月早々、尾張町の草履商備後屋光右衛門一家五人、奉公人のあわせて十八人を石見銀山で毒殺し、大金を奪ったのでございます」

「な、なんと。竹垣、真実《まこと》か！」

「それがし、そのようなことは一向に」

「竹垣九郎平、おめえが年末にかけて石見銀山を江戸じゅうの薬種問屋から鼠退治と偽って買い集めたのは割れているんだ！」

一郎太の啖呵《たんか》が飛んだ。

「大晦日の夜、それがしも両国橋の上でこの陽太郎扮《ふん》する備後屋の番頭佐平の下《へ》手《た》な芝居を見せられ、この件の狂言廻しの役をやらされたものにございます。さような芝居さえしなければ、正月早々十八人も殺した下手人とは結びつかなかったかもしれませんな」

磐音の声音が長閑《のどか》に響いた。

「くそっ！　尻尾を摑まれちゃ仕方がねえ」

と陽太郎が本性を剝き出しにし、

「屋敷奉公も飽き飽きしたところだ。この辺が潮時だ」

と竹垣九郎平が吐き捨てた。

「竹垣、おのれはそのような大それたことをなしたか！」

近藤伴継の狼狽をよそに竹垣の顔色が青く変わり、目が据《す》わった。

つつつっ
と竹垣九郎平が磐音の前に出てきた。

「竹垣どのは田宮流の居合いを遣われるそうですな」

「おのれ、そこまで承知か」

と言った竹垣が、

「陽太郎、なんとしてもこの場を斬り伏せて逃げるぞ。備後屋から盗み出した二千四百両を使わずに死ねるものか」

「竹垣、おのれは近藤家を潰《つぶ》すつもりか！」

近藤伴継の悲鳴のような叫びを合図に竹垣が腰を沈めつつ、磐音に突進してきた。

同時に柄《つか》に手がかかり、素早く抜き上げられた。

そのとき、磐音も竹垣の飛び込む間仕切りに踏み込むと、包平を一閃《いっせん》させていた。

二人の抜き打ちが交錯するように虚空を走り、刃が火花を散らして、音を立てた。

両者が擦れ違い、方向を転じた。

竹垣九郎平の剣は虚空に跳ね上がり、磐音の包平は八双《はっそう》に移っていた。

そして、再び同時に上段から撃ち込みが行われた。

だが、若さと修羅場《しゅらば》の数が勝る磐音の包平が竹垣の振り下ろしを制し、竹垣の首筋を深々と斬り付けていた。

げえぇっ
竹垣が一瞬その場に立ち竦《すく》んだ後、腰砕けに倒れ込んだ。

勝負の行方を見て逃げ出そうとする陽太郎の襟首《えりくび》を一郎太が摑まえた。

磐音は血振りをすると、放心の体の近藤伴継に、

「近藤様、すべては御用人竹垣九郎平一存の所業にございまするぞ」

と念を押すように叫んでいた。


今津屋のおこんは店の前で瓦版《かわらばん》屋から読売を買った。

〈石見銀山入りの屠蘇酒で尾張町の備後屋一家、奉公人十八人毒殺さる！　下手人は妾腹《しょうふく》のわが子と叔父の二人なり！〉

大きな文字がまがまがしく躍っていた。

そこへ由蔵が顔を出した。

「老分さん」

おこんが読売を由蔵に渡した。

「坂崎さんたら、この騒動に関わっていたのね」

買い物に付き合ったというのに、南町奉行所定廻り同心の木下一郎太と会った途端、おこんに、先に帰ってもらえぬか、あとで事情を話すと言ったが、今津屋に戻ってきても、

「おこんさん、聞かぬほうがいい」

と約束の説明を果たさなかったのだ。

「なになに、備後屋の三番番頭の陽太郎は叔父の某旗本家御用人と諮《はか》り、備後屋の身代に目をつけ、正月の祝い膳にて飲まれる屠蘇に石見銀山を混入して、主以下身内、奉公人十八人の毒殺を計り、蔵に保管されていた身代の二千八百余両のうち、二千四百余両をまんまと盗み出した。その大金は、竹垣が勤める某旗本家の釣り船に隠していた。天網恢恢《てんもうかいかい》疎にして洩らさずのたとえ、陽太郎は己の仕業を同僚の番頭佐平さんの仕業に見せかけるべく、大晦日の両国橋の上で佐平さんが掛取りの五十両を掏られて錯乱し、主に叱責されて凶行に及んだように見せか

ける狂言芝居をなした。だが、この狂言を南町奉行所の探索方が目撃したのが、二人の犯行を暴くきっかけになった、か……おやおや、おこんさん、坂崎様はいつの間にやら、南町奉行所の探索方に仕立て上げられておりますぞ」

「大方、大頭の与力さんの企みですよ」

「まあ、そんなところかな」

再び読売に目を落とした由蔵が、

「苦い屠蘇酒にはくれぐれも御用心か。苦くない屠蘇があったらお目にかかりたいものだが」

由蔵が店の前で首を竦めた。

第二章　三崎町初稽古

一

日本橋の魚河岸は正月元日だけが休みで、二日の初荷から威勢よく商いを始めていた。いつもどおりの賑わいというより、松の内というのでいつも以上の混雑ぶりだ。

磐音は、江戸の有力な乾物問屋三十四株で作る濱吉《はまよし》組の総代の若狭屋の店先に立った。

正月七日の昼前のことだ。

蝦夷利尻《えぞりしり》の昆布、土佐の鰹節などが、紅白飾りや金銀飾り紐《ひも》を付けられて店頭に並ぶ光景は、乾物問屋ならではの晴れやかさだ。

「明けましておめでとうございます」

着流しの磬音の声が響き、

「おや」

店先に似つかわしくない声が、と顔を上げた番頭の義三郎《ぎさぶろう》が、

「坂崎様、お待ちしておりましたよ」

と声をかけた。

「番頭どの、関前からの荷は届いておりましょうか」

「届いておりますよ。まあ、お掛けなさい」

小僧に座布団が命じられ、店先に敷かれて磬音が座った。

「坂崎様と中居様が最初に持ち込んでこられた品々よりも製法、品物の扱い、出来上がりが、ずっときれいになっております。その分、確実に風味がいい。あれならばうちでも十分に扱えます」

「ほっとしました」

「上々吉とはいきませんが、上の部類には入ります」

「よかった」

と言いながら、国許に帰った中居半蔵の苦労を思った。

「ですが、まだ改良すべき点もございます。ご苦労かと思いますが、益々値が上がって御藩の収益になることです。ここはもうひと頑張りしてくださいますよう、中居様にお伝え願えますか」

「急ぎ伝えます」

磐音に会釈をして義三郎は帳場格子《ごうし》に戻り、一通の封書を持って戻ってきた。

「坂崎様、ここに、私なりの改良点を記しておきました。製造に携わる方々には煩《わずら》わしい指摘かもしれませんが、ご一考願えませんか」

磐音は立ち上がって両手で義三郎の書状を押しいただき、深々と腰を折って礼を述べた。

「それがし、早速豊後関前に番頭どのの書状を送付いたします。中居様も春先までには一番船を江戸に送り出したいと考えておられます。どうかよしなにご指導のほどお願い申します」

「楽しみにございますな」

義三郎に会釈を返した磐音は、本船町と伊勢町の間に大店《おおだな》を構える若狭屋を出ると、金座の脇《わき》を抜けて御堀に向かった。

豊後関前藩の江戸藩邸物産所所属を命じられた別府伝之丈らに会おうと決心し

たのだ。一日でも早く若狭屋の意向が関前に伝われば、それだけ改良に時間がかけられる寸法だ。

豊後関前藩の上屋敷は駿河台《するがだい》富士見坂にあった。

そこで磐音は御城を左回りに廻って鎌倉河岸《かまくらがし》から錦小路《にしきこうじ》を抜け、富士見坂に出ようとしていた。

松の内のせいか、正月の御礼登城を終えた武家屋敷はどことなくのんびりしていた。武家屋敷から子供の声や追い羽根を突く音が響くのも正月らしい。

磐音は山城淀《やましろよど》藩と常陸土浦《ひたちつちうら》藩の間を抜ける富士見坂に入り、

（さて、別府伝之丈と結城秦之助をどこへ呼び出そうか）

と考えた。

磐音は豊後関前の藩騒動の後に自ら藩を抜けていた。

その後、藩主の福坂《ふくさか》実高にもお目通りし、

「今後も余のため、藩のために働いてくれ」

との言葉を賜っていた。だが、藩に復帰したわけではない。

江戸屋敷を堂々と訪ねられる身分ではなかった。

豊後関前藩の門前にもまだ正月飾りが残されて、門番もどことなく晴れやかな顔をしていた。

「相すまぬが、ご家臣の別府伝之丈様にお目にかかりたい」

若い門番が問い返そうとするのを老門番の嘉介《かすけ》が押しとどめ、

「坂崎様、今すぐに」

と言うと、

(中でお待ちになりますか)

という顔をした。

「いや、石段上で待とう」

頷いた嘉介に会釈をすると富士見坂の突き当たりに向かった。

富士見坂は最後に石段に変わった。関前藩の拝領地の一部はこの坂にかかっていた。

磐音はしばらく、大名屋敷から旗本屋敷へと変わる富士見坂上で待った。すると慌ただしく若侍二人が門前に現れ、石段上を見ていたが、その一人が、

「坂崎様」

と嬉《うれ》しそうに手を振って駆けてきた。

元御徒組《おかちぐみ》の別府伝之丈と元御小姓組《おこしょうぐみ》の結城秦之助だ。二人とも関前藩を二分し

た騒動の折り、磐音に協力して国家老の宍戸《ししど》派と対決、藩乗っ取りを未然に防いで戦った連中だ。

「おおっ、秦之助も一緒か」

「坂崎様、お久しぶりにございます」

「久しいな」

三人は中戸信継道場の兄弟弟子でもあった。

武家屋敷の辻で三人は再会を喜び合った。

「松の内が明けましたら、坂崎様の長屋をお訪ねしようと秦之助と話し合っていたところです」

「伝之丈、秦之助、ちと急ぎの用が生じて藩を訪ねた。迷惑であったかもしれぬな」

磐音は神田川へと足を向けながら二人に言った。

「坂崎様、なにを言われます。われらが国表を出立《しゅったつ》するとき、実高様がわれらをお呼びになり、坂崎磐音の指導を受けよと、くれぐれも命じられましたぞ。坂崎様は藩の内にあっても外にあっても関前藩の大事な家臣にございます。堂々と屋敷を訪ねてください」

「伝之丈、そうもいかぬ」

でもございましょうが、と答えた伝之丈が、

「どこに参りますか」

「中居様とは神田明神界隈でしばしば会《お》うておった。そこに参ろうか」

三人は昌平橋を渡って、聖堂裏の神田明神下にある茶店に入った。

「正月のことゆえ、少々酒をいただこう」

穏やかな陽射しが降り注ぐ庭から梅の香が伝わってくる小座敷で、三人は向き合い、酒と肴《さかな》を注文した。

「まず二人に渡すものがある」

磐音は若狭屋の番頭義三郎の書状を伝之丈に渡し、

「早飛脚で関前に送ってくれ」

と事情を述べた。

「いよいよ藩の物産が江戸で売り出されますか」

「中居様らのご苦労の甲斐《かい》あって、ようようここまで漕《こ》ぎ着けた。だが、ここで気を抜くわけにはいかぬ。なにしろ関前藩の借財を返すには、実高様から領民まで一致協力して節約しても何年もかかる」

「坂崎様、われらにも手伝わせてください」

　秦之助が頭を下げた。

「中居様が国表にあるうちは、そなたらが藩の陣頭に立って江戸で働くことになる。近々若狭屋に伴う」

「お願い申します」

　二人が若々しくも顔を紅潮させて返事をした。

　そこへ桃割れを初々しく結った娘が、酒と江戸前のお造りやおひたしなどを運んできた。

「そなたらとは、中戸道場の鏡開きで酒席を供にして以来か」

「とは申されますが、坂崎様は中戸道場の兄弟子のなかでも上位、われらは入門したての新弟子ゆえ、話す機会など滅多にございませんでした」

　磐音は二人の盃に酒を満たし、伝之丈が代わりに磐音の盃に酒を注いだ。

「明けましておめでとうございます」

「よろしくな」

　三人は盃を合わせて酒を飲み干した。

「ああっ、美味《うま》い。江戸の酒は美味《うも》うございますな」

と秦之助が嘆声を上げた。

「今日は松の内でもあり、久しぶりの再会ゆえの昼酒だ。始終このような機会があると思うな」

「承知しております。ただ……」

と言いかけた秦之助が口を濁した。

「ただ、どうしたな」

「坂崎様、江戸屋敷はいま暗うございます。ご家老の福坂利高《としたか》様とその一派が権勢を振るっておられ、好き勝手にものが言える雰囲気ではございませぬ」

利高は藩主実高の従兄弟に当たる。

長年、国表と江戸を専断してきた国家老の宍戸文六《ぶんろく》派が凋落《ちょうらく》した後、実高に命じられて江戸家老の要職に利高が就いていた。が、藩財政の建て直しには熱心とは言い難かった。それよりも江戸暮らしを満喫するので大忙しの人物だ。

磐音も中居半蔵と二人して、奈緒こと花魁白鶴のもとに遊びに行こうとした利高の一行を暗闇《くらやみ》に乗じて襲い、懲らしめたことがあった。むろん利高は、それが磐音らの仕業とは気付いていない。

「ご家老自ら財政建て直しに精を出していただかぬと、関前の物産事業は成功せぬ」

「われらも江戸に出てきて、利高様の言動には大いに驚いておりまする」

「腰ぎんちゃくは、小此木《おこのぎ》平助《へいすけ》、棟内多門《むねうちたもん》どのらか」

「ご存じでございましたか」

磐音はただ頷いた。

(なんとかせねば、関前藩の新たな獅子《しし》身中の虫となる)

と磐音は思いながらも、三月の下旬には実高様が参勤で江戸に出てこられる、その機会に利高様の振る舞いも改まろうと考え直した。

「伝之丈、秦之助、今日だけは公務を忘れようぞ」

「坂崎様とかように酒が飲めるとは、われら幸せ者にございます」

坂崎磐音は、お家騒動に絡み壮絶な戦いを独り繰り広げた人物として、豊後関前藩の若い家臣たちにとって伝説になっていた。

「そなたらにちと尋ねたきことがある」

新たな酒を差した磐音が二人の顔を等分に見た。

「なんでございますか」

「御旗奉行井筒洸之進様の嫡男源太郎どのを知っておるか。それがし、曖昧な記憶しかないのだ」

「坂崎様、源太郎どのと妹御の伊代様が、こたび祝言を挙げられるそうですね」

秦之助が応じた。やはり藩邸では承知していた。

「中居様から知らせてきたが、父上からはまだなにもない」

「ご家老は身辺多忙を極めておられ、城下がりは毎夜遅うございます。それにかような時期に祝言を挙げられるのを、藩の外で苦労しておられる坂崎様に言いづらいのではありませぬか」

伝之丈の推測に磐音は黙って頷いた。

大いに考えられることだったからだ。

「源太郎様はわれらより二歳上にございますゆえ、ただ今二十五歳になられましょう。藩騒動のときは江戸勤番にございました」

「それがしとは擦れ違いか。それにしても記憶に薄いな」

「生来、思慮深く寡黙《かもく》な方にございます」

「役職に就いておられるか」

「ただ今、近習《きんじゅ》見習いとして出仕しておられます。所帯を持たれた暁には、お父上の洸之進様が隠居なされて御旗奉行を継がれることが決まっております」

「伊代は兄と違い、思慮深いところに惹《ひ》かれたか」

「はて、どうでしょう」

と伝之丈は言葉を濁したが、秦之助が言い切った。

「そのせいで、若年寄とか昼行灯《ひるあんどん》と仲間に評されておられます」

どうやら井筒源太郎は、

「行動の人」

よりも、

「思索の人」

のようだ。

「なんでも殿が江戸に出られる前に祝言を挙げられるという噂にございます」

秦之助が言った。

磐音は徳利を持ち上げ、酒が切れていることに気付いた。

手を叩《たた》いて新しい酒を注文した。

「伊代には祝いの品を購ったが、どうしたものか」

磐音は自問するように呟いた。

父正睦から知らせがないことを磐音は気にしていた。事情がどうであれ、坂崎

家の嫡男の磐音は、

「豊後関前藩を脱藩」

した人間であり、

「坂崎家の嫡子」

ではないのだ。

それが武家の考え方だ。

「坂崎様、ただ今お預かりした若狭屋の書状は、明後日に出る便船に託そうかと考えております。そのほうが季節風に乗って一気に瀬戸内まで入り込めますので、早飛脚より数日は早うございます。お祝いの品もそれがしが預かって、藩の公用便に託します」

「伝之丈、勘違いするでない。それがしはもはや藩を離れた者だ。藩の公用便に託せるものか」

「坂崎様が関前藩のために日夜無給で働かれておられること、実高様もご存じです。なぜそのくらいのこと……」

「伝之丈、秦之助、そのくらいのことが積もり積もって、先のお家騒動を引き起こした。そなたらも禄米《ろくまい》を家格どおりに貰ってはおるまい。上米《あげまい》で家臣一同が藩の財政を助けておるとき、藩の外の者がさようなことをしたのでは示しがつかぬ」

「まことにおっしゃるとおりにございます」

「思い至りませんでした」

若い二人が詫《わ》びて、頭を下げた。

「よし、そのほうらを明日にも若狭屋に伴い、番頭どのにお引き合わせしよう。そなたらが頑張らねばこたびの企ても進まぬからな」

「お願い申します」

と答えた伝之丈が、

「今ひとつご足労願いたきところがございます」

「なんだ、改まって」

「われら、藩務の間に剣術の稽古《けいこ》をしとうございます。坂崎様や、今は亡き小林琴平様、河出慎之輔様が修行なされた佐々木玲圓《ささきれいえん》先生にご紹介いただけませぬか」

「おう、それはよい考えだ。ならば、明日、四つ（午前十時）時分に日本橋の北詰で会わぬか。若狭屋に伴い、その足で佐々木玲圓道場を訪ねるとするか」

「お願いいたします」

三人は酒を切り上げると、残っていた菜で昼餉《ひるげ》を食した。

磐音が今津屋に立ち寄ったとき、八つ（午後二時）の刻限だった。

越後屋で立て替えてもらった金子の八両二分をおこんに返しに来たのだ。

帳場格子のところで由蔵と話をしていたおこんが、

「正月早々に忙しい方が見えられたわ」

と皮肉を言った。

「過日のことをまだ怒っておられるのか」

「怒ってはいないけど説明してくれてもよかったんじゃない」

「おこんどのはそう言われるが、あの現場を見た者でなければ分からぬ。それは酷《むご》いものであった。それがしもしばらく食欲がなかったほどです」

「読売で知りましたよ。備後屋さんはえらい災難でしたな」

由蔵が言い、磐音が答えた。

「それに絡んで近藤家は御目付から厳しいお叱りを受けられたようです。むろんすべては死んだ御用人どのが企まれたこと、近藤家には、それ以上のお咎《とが》めはないと思うが」

「木下様に聞きました。坂崎様は近藤家のことを思い、御用人どのを始末なされたとね」

どうやら木下一郎太が今津屋を訪ねて話していったようだ。

曖昧に頷いた磐音は懐から八両二分を出して、おこんに差し出した。

「過日、大変助かりました」

「まあ、わざわざ返しに来たの。だって坂崎さんはうちのお店に二百両もの大金を預けてあるのよ」

越中島沖の賭博《とばく》船の騒動に絡んで、磐音に南町奉行所から二百両という破格の褒賞《ほうしょう》金が内々に出ていた。それを今津屋に預けてあった。

「あの金子は、それがしのもののようでそれがしのものではありませんからね」

「相変わらず律儀《りちぎ》なこと」

と答えたおこんが、

「近々小袖が仕立て上がるわ。そうしたら今津屋の贈り物と一緒に関前へ荷造りしましょうか」

と言った。

磐音は借りていた金子を返済して気が楽になった。

「甘いものがあるけど食べる。それともまだ食欲がないの」

「いえ、もはや備後屋の事件《こと》は忘れました」

と答えた磐音は台所に向かおうと立ち上がった。

二

正月十一日、神保小路《じんぼうこうじ》の佐々木玲圓道場は鏡開きの日、大勢の門弟たちが押しかけていた。

〈御具足の餅御鏡開諸家同じ。昔は二十日を用いられしなり。二十日と刃柄《はつか》と訓同じ。刃柄を祝うという俗説なり。国 忌《おしょうじんび》になるによりて慶安《けいあん》五年（一六五二）正月より改られしよし羅山《らざん》文集に見えたり〉

古文書にその謂《いわ》れが説かれる。

坂崎磐音も別府伝之丈、結城秦之助の二人を伴い、佐々木道場の鏡開きに参加した。

というのも、二人と神田明神近くの茶屋で会った翌日、伝之丈、秦之助を伴い、若狭屋を訪れ、番頭の義三郎に紹介した。

「中居半蔵様に代わって当座の間、関前藩江戸藩邸の物産所の窓口方に命じられた別府と結城にございます。なにしろこの両名、江戸は不案内の上、商いは素人《しろうと》同然にございますゆえ、何事もお引き回しくだされ」

若い二人も魚河岸の人込みと景気のよさに度肝《どぎも》を抜かれ、間口十七間の若狭屋の店頭に並ぶ日本全国からの乾物の質の高さと多彩な品揃《しなぞろ》えに仰天した。

「なんと、江戸にはかように質のよき品々が集まりますか。関前の物品もこれらに伍して売らねばならぬのですね」

「さすがは天下一の台所、目が奪われます」

素直に驚く二人に義三郎が、

「よろしければ公務の合間に魚河岸においでなされ。乾物のことなどをお教えいたしますでな」

「お邪魔になりませぬか。ならばわれら若狭屋に日参いたします」

と二人は顔を輝かして返答した。

磐音はその初々しさに、小林琴平と河出慎之輔の三人で、

「国許に戻ったらいかに藩財政を立て直すか」

と熱心に話し合っていた江戸勤番時代を思い出した。だが、その二人の友はすでに鬼籍に入っている。

伝之丈も秦之助も江戸は初めてではなかった。

だが、江戸滞在は短期間であったし、屋敷奉公に追われて最初の勤番が終わり、江戸の町や暮らしをほとんどなにも知らなかった。

その二人を伴い、今度は神保小路に回り、佐々木玲圓先生にお目にかかって入門を願った。玲圓は、

「二人を見ると、そなたや小林琴平、河出慎之輔が道場通いを始めた明和《めいわ》六、七年（一七六九、七〇）の日々を思い出すのう……」

と磐音たちの若き日々に重ねて思い出し、

「入門は許す。十一日には恒例の鏡開きゆえ、入門日にふさわしかろう。磐音、この者たちを必ずそなたが伴え」

と命じたのだ。

佐々木道場の鏡開きは早朝七つ半（午前五時）から始まる。

玲圓に釘《くぎ》を刺された磐音は、宮戸川の鉄五郎親方に願ってこの日は休みにしてもらった。そして、まだ薄暗い道場の門前で伝之丈、秦之助と待ち合わせて、道

場入りした。

　上段の間の神棚に鏡餅が飾られた道場で、百数十人の門弟が左右に分かれて打ち合い稽古をするさまは、さすがに正月ならではの光景だ。

　磐音は、入門初日に加えて鏡開きの大勢の門弟衆の総稽古に圧倒される二人の相手をして受け太刀に回り、気を落ち着かせるよう稽古をつけてやった。

　伝之丈も秦之助も技量はほぼ同じ、素直な剣だ。

　磐音が、

「肩に力が入っておるぞ、秦之助」

「伝之丈、大振りじゃぞ」

　と一々悪い癖を直しながら稽古相手を務めていると、

「坂崎様、それがしにも稽古を付けてくだされ」

　と古い門弟が声をかけてきて、磐音はその者たちの相手もした。

　伝之丈と秦之助も佐々木道場の門人たちと袋竹刀《ふくろしない》を交えた。おなじ道を辿る人間同士、竹刀を交えることでたちまち友になっていく。

　込み合う湯屋のような混雑の中での稽古が二刻《ふたとき》（四時間）ほど続き、

「やめ！」

の声が、住み込み師範の本多《ほんだ》鐘四郎《かねしろう》からかかった。

左右の壁際にいまや二百人近くになった門弟が居流れた。

上段の間の見所《けんぞ》には佐々木玲圓道場の諸先輩や幕府の高官、大名家の重臣方が顔を揃えて、年始めの鏡開きらしい華やかさだ。

「例年ならば恒例の型稽古じゃが、今年はちと趣向を変えた。佐々木玲圓先生と小野派一刀流速水左近《はやみさこん》様の模範演技を披露《ひろう》いたす」

磐音はいつも熱心に佐々木道場の稽古を見物に来る速水左近を承知していた。過日、将軍家治の御側衆《おそばしゅう》として仕えるかたわら剣術にも造詣《ぞうけい》が深いと、鐘四郎から紹介されていたからだ。

見所の左から玲圓が、右から速水左近が、真新しい稽古着も清々しく立ち現れ、道場の中央へと進んだ。

佐々木玲圓と速水左近は木太刀で立ち合い、ゆるゆるとした動きの中に剣の奥義を漂わせた実に見応《みごた》えのある攻撃と防御の応酬で、門弟衆も粛然と見守った。

四半刻《しはんとき》（三十分）の模範演技が終わり、速水は見所下に下がった。だが、玲圓はそのまま道場に残り、鐘四郎に合図を送った。

「ただ今より東西五人の勝ち抜き試合を行う。呼ばれた者はこれへ参られよ」

鐘四郎が宣告すると道場中が、
わあっ
と沸いた。

「東方先鋒糸居《せんぽういとい》三五郎《さんごろう》どの、西方先鋒鈴木《すずき》辰蔵《たつぞう》どの……」

と次々に名前が呼ばれて、なんと最後に、

「西方大将坂崎磐音どの」

と磐音の名が呼ばれた。

「坂崎様が西方大将だぞ」

結城秦之助が誇らしげに別府伝之丈に囁《ささや》いた。

東方の大将は師範の一人で、信州松代《まつしろ》藩家臣、番頭《ばんがしら》の岸辺《きしべ》俊左衛門《としざえもん》、壮年の剣術家だ。

磐音はむろん岸辺を知っていた。だが、磐音が熱心に佐々木道場に通っていた頃、岸辺は国許奉公で、なかなか竹刀を合わせる機会はなかった。

勝ち抜き戦は袋竹刀を使い、一本勝負と告げられた。

審判は佐々木玲圓自ら行った。

「先鋒糸居どの、鈴木どの」

鐘四郎が呼び出して、先鋒二人が五間の間を置いて正座、挨拶を交わした。

東西勝ち抜き戦は、東方の先鋒糸居三五郎の俊敏な動きに、西方の先鋒鈴木、次鋒《じほう》の田村新兵衛《たむらしんべえ》、中堅の赤津頼母《あかづたのも》と付いていけず、抜き胴を決められて敗退した。

西方副将の越前丸岡《まるおか》藩の家臣板取兵衛《いたどりひょうえ》が踏みとどまったが決着が付かず、玲圓の審判で、

「引き分け」

となった。

東方は四人を残していた。

西方は大将の磐音が引き出されていた。

東方次鋒は水田忠輔《みずたただすけ》、磐音が知らぬ若者だった。背丈は六尺余の磐音よりも二寸は高く手足が長かった。対峙《たいじ》してみて、長い手足が柔らかく構えられ、懐が深そうなことが推測された。

「始め！」

玲圓の声で水田は長い袋竹刀を正眼《せいがん》にとった。

磐音も正眼に置いた。

　だが、同じ構えでも水田の正眼にはぴりぴりと張り詰めた緊張があった。それに比べて、関前城下で磐音に剣の手解《てほど》きをした中戸信継が、

「磐音の構えは、春先の縁側で日向《ひなた》ぼっこをしている年寄り猫のようじゃ」

　と評した、

「居眠り剣法」

　である。

　一見、剝き出しの闘争心も殺気も感じられない。

　若い水田は磐音の「居眠り剣法」のことを何度も聞かされていた。それだけに対戦の機会があれば、一泡吹かせる気構えだった。その好機が巡ってきたというのに、袋竹刀を構え合った途端、磐音の静かな気迫に呑《の》み込まれた。

　水田は位負けを悟ると正眼の剣を振り上げ、振り下ろしの律動を持った動きを繰り返しつつ、間合いを測った。

　だが、磐音は泰然として動かない。

　水田は次第に焦り出した。

「ええいっ！」

　長い袋竹刀を引き付けると同時に間合いの内に踏み込んだ。

水田は面から小手へと変化させ、胴を抜く得意の戦法に勝負をかけた。

水田を存分に懐に呼び込んだ磐音が、若草の茂る河原を吹き渡る微風のように舞った。

深いはずの水田の懐で、そよと風が吹いたときには、磐音の正眼の竹刀が胴へと変化して強《したた》かに叩いていた。強打したわけではない。

だが、六尺を超える水田忠輔の体がくの字に曲がって、横に転がっていた。

「勝負あった！」

玲圓の宣告の前に道場が、

どうっ

と沸いた。

次鋒水田の自滅を見て、中堅の根本大伍《ねもとだいご》も副将の梶原正次郎《かじわらまさじろう》も平常心を失った。

「よし、おれが」

と気負い込んだ。

居眠り剣法の術中に見事に嵌《はま》り、普段の力を出せぬ間に胴を抜かれていた。

道場が大将同士の対戦に沸いた。

「さすが、聞きしに勝る居眠り剣法かな。近頃、一段と凄《すご》みを増したな」

「いや、さすがの坂崎どのも三人を相手して疲れておる。岸辺俊左衛門どのには一本決められるぞ」

隣同士で囁き合う声があちこちでした。

「大将同士の戦いは三本勝負といたす。二本取った組が勝ちとなる」

玲圓が三本勝負を宣告し、二百人を超える門弟衆が姿勢を正して、固唾《かたず》を呑んだ。

岸辺は五尺七寸の背丈ながら手足が鍛え上げられて、鋼《はがね》の筋肉に覆われていることが稽古着の上から分かった。

「お願い申す」

「お手柔らかに」

二人は静かに対峙に入った。

相正眼、間合いは二間。

静なる時は始まりだけで、二人が互いの双眸《め》を見詰め合った瞬間に崩れた。

岸辺は、満々と湛《たた》えた堰《せき》の水が一気に抜かれて奔流するように走った。

岸辺の竹刀が磐音の面上に雪崩《なだ》れきた。

電撃の詰めと攻撃に、道場内には、

あっ
と驚きの声が洩れた。

磐音の竹刀が、
ふわり
と豪快な面打ちに擦り合わされた。

その瞬間、岸辺の圧倒的な打ち込みが、真綿に包《くる》まれたように力を殺《そ》がれた。

岸辺は散々に磐音の剣法を聞かされてきた。加えて、東方の三人の剣士が眼前にて敗《やぶ》れ去るのを見てきた。

それだけに対応を考えて対戦に入っていた。

己の攻撃が真綿に包まれたように擦り合わされた瞬間、袋竹刀を引いて磐音の袋竹刀を弾《はじ》き返し、生まれた間合いに面へと再び踏み込んだ。だが、二撃目も三撃目も擦り合わされ、力を柔らかく拡散されていた。

一見、二人の勝負は岸辺が連続した攻撃で押し込み、磐音が必死の防御に回っているかのように見えた。だが、その実、岸辺が攻撃の手を繰り出せば繰り出すほどに、重厚な剣技に綻《ほころ》びを生じようとしていた。

それを一番承知していたのは岸辺自身だ。

連続した面打ちを仕掛けつつ、ふいに間合いを変えた。

得意の引き面への変化だ。

だが、磐音は岸辺の考えを読んだように、不意を衝《つ》いて後退する岸辺の間合いに合わせた。

岸辺は強引に引き面を振るった。

その直後、胴を強かに抜かれていた。

「胴あり一本！」

玲圓の声が響いて、両者は互いに距離を置いた。

二本目、岸辺は戦法を変えた。

磐音の静に静で応じた。

長い対峙に紅潮した岸辺の眉間《みけん》に血管が盛り上がってきた。

磐音の顔は変わらない。ただ、静かに呼吸を整えるように立っていた。

どれほどの時が過ぎたか、磐音が相手の間合いに踏み込んだ。

相正眼の竹刀が絡み合い、激しい応酬の後、岸辺が体当たりして磐音の構えを崩し、びしりと面を決めた。

「面一本！」

一対一の後、再び両者は相正眼に構え合った。
剛と柔の対照的な構えの後、動いたのは岸辺だった。
面から小手に、さらに胴へと目まぐるしく変化させながら踏み込んだ。
磐音は再び「居眠り剣法」に徹して、悉《ことごと》く擦り合わせ、弾いた。
「連続した攻撃を永久に続ける勢いと気迫」
で岸辺は袋竹刀を振るった。
途絶えれば磐音の反撃を食らう。
それを岸辺は承知していた。
連続した攻撃に磐音の姿勢が崩れることを願いつつ、圧倒的な攻撃を繰り返した。
磐音が下がった。
道場に静かなどよめきが起こった。
岸辺はさらに体当たりの機会を窺《うかが》わんと、その隙《すき》を狙った。
再び磐音が下がった。
その瞬間、岸辺は面打ちを決めつつ、体当たりを敢行した。だが、磐音の、
ふわり

とした変化に体を透《す》かされた。その上、駘蕩《たいとう》たる春風が神保小路の道場に吹き抜けた。その直後、

びしり

と岸辺の胴に磐音の袋竹刀が決まり、よろよろと岸辺が腰砕けによろめいた。が、なんとか踏みとどまった。

「胴打ち、勝負あった！」

という玲圓の声と、

ばあっ

と身を引いた岸辺が正座して、

「参りました」

という潔い敗北の声が交差した。

そのときには磐音も正座して岸辺に向かって頭を下げていた。

おおおっ

という道場を揺るがす声が響いて、鏡開きの東西戦は終わった。

鏡餅を掻き割ったものを醬油《しょうゆ》仕立てにした雑煮が門弟衆に振る舞われ、樽酒《たる》が飲まれた。

岸辺と磐音をまず呼んだのは御側衆の速水左近だ。どうやら速水と岸辺は昵懇《じっこん》の間柄のようだ。

「岸辺、どうであったな。坂崎どのの居眠り剣法は」

「噂には聞いておりましたが、なんとも歯が立ちませぬ。それがしは活路を見出さんと恥も外聞もなく体当たり戦法を取りましたが、それも二本目にはもはや通じませぬ。いや、例の一本はそれがしに勝ちを譲られたやもしれませぬな」

と鷹揚《おうよう》にも笑った。

「坂崎どの、どうか」

「速水様、岸辺様、さすがに真田《さなだ》信之《のぶゆき》様以来の文武両道の松代藩の御番衆、戦国時代の気風を感じましてございます」

磐音は正直な気持ちを吐露した。

そこへ両者の勝負を裁いた玲圓が茶碗酒を手に加わった。

「岸辺、そなたが歯の立たぬのは当然じゃぞ。近頃はわしも危ない」

玲圓が苦笑いした。

「なんと、佐々木玲圓先生も歯が立ちませぬか」

「立たぬ立たぬ」

と玲圓が豪快に笑い、速水までが尻馬に乗った。

「そういえば、玲圓どのは坂崎どのとの稽古を避けておられるようじゃ」

とこちらもおかしそうに笑う。

「先生も速水様もお人が悪うございます。満座の前でからかうのは趣《おもむき》がようございませぬ」

「過日、そなたにお手合わせをと願ったたな、あれは忘れてくれ。どうやら年寄りの冷や水、出る幕ではないわ」

鏡開きの稽古の後、広い道場のあちこちで雑煮を啜《すす》り、酒を飲んでの剣術話に花が咲いていた。

「磐音にはもう少し道場に通えと申しておるのだが、浪々の身で生計《たつき》に追われ、なかなか顔を見せぬ」

玲圓がぼやいた。

玲圓は磐音が身過ぎ世過ぎに剣を遣っていることを承知しているのだ。それを心配して、遠回しに諫《いさ》めていた。

「申し訳ございませぬ」

頭を下げる磐音に速水が、

「坂崎どのの剣は、安永の御代に実戦の凄みを保っておる。それがまた居眠り剣法の真綿に包まれておるところが、稀有といえば稀有。佐々木どの、好きなように生かしておやりなされ」

「そうは思うておりますが、このまま市井に埋もれさせてよいものかと心配もしております」

いつにない玲圓の真剣な言葉に、磐音は恐縮して返す言葉もない。

「いや、近い将来、世間がこの御仁の剣を求めるときが巡って参る。この速水が請《う》け合いますぞ」

磐音は玲圓や速水の言葉をただ望外の思いで聞いていた。

三

磐音ら三人は鏡開きの亢奮《こうふん》の余韻を残して佐々木道場を出た。

昼下がりの刻限だ。

道場では磐音と竹刀を交えた東方の水田忠輔、根本大伍、梶原正次郎や西方の面々が磐音を取り囲んで車座になり、試合の経過や居眠り剣法をあれこれ話題にして、時を過ごした。

剣友とはかくあるべきものか。

身分も年齢も忘れて、試合について侃々諤々《かんかんがくがく》、持論を述べ合った。

なんとも悔しそうな顔をしたのは、顔合わせのなかった糸居三五郎だ。

「坂崎様、次の機会にはぜひともこの糸居に稽古をつけてくだされ」

と茶碗酒をぐいぐい飲みながら迫った。

「三五郎め、磐音に一泡吹かせる気じゃな」

車座の一角にいた本多鐘四郎が嗾《けしか》けるように笑った。

「それがし、その気がございました。ですが、岸辺俊左衛門様との試合を見せられたとき、己を知ってございます。本多先生、それがし、ただ稽古をつけてもらいたいだけです」

「暴れ者の三五郎が、殊勝なことを言いおるわ」

鐘四郎の言葉に一座の者が大笑いした。

そんな車座の外に別府伝之丈も結城秦之助もいて、亢奮の体《てい》で話に聞き入っていたのだ。

道場を出た二人の顔が紅潮しているのは、鏡開きの酒の酔いかと磐音は思った。

だが、どうやら大勢の門弟に混じって稽古をした亢奮の余韻のようであった。

磐音自身も茶碗の半分ほど飲んだだけだ。なにしろ打ち合い稽古のように次から次へと話し相手が現れたのだ。

「秦之助、やはり江戸は異才俊才が揃っておられるな」

「関前とは違う。なんだかわくわくしてきたぞ、伝之丈」

二人はそう言い交わしながら、磐音に従ってきた。

神田三崎町は、神田川に架《か》かる上水道の南側一帯の呼称である。佐々木道場はその一角の神保小路にあった。

関前藩の藩邸はすぐ近くにあった。が、二人は神田川沿いに昌平橋方面へと下る磐音に従って離れようとはしない。

（よい機会か）

と思い直した磐音は神田川沿いに昌平橋を過ぎ、ひたすら柳原土手《やなぎわらどて》を浅草御門へと向かった。

新しく勤番になった二人を、今津屋の老分由蔵に紹介しておこうと思ったのだ。

「伝之丈に秦之助、あれが浅草御門でな、その東側にある火除地《ひよけち》を両国西広小路と呼び習わしておる。これから二人を伴うところは江戸の両替商六百軒の筆頭、両替屋行司の今津屋だ。そなたらもこれからなにかと世話になるやもしれぬでな」

「若狭屋どのと関前藩を仲介なされた豪商にございますな」

中居半蔵から聞かされたか、伝之丈が西広小路の混雑ぶりに驚きながらそう言った。

「二人には腹に収めてほしいことを申す。よいかな」

「はい、決して」

「他言はいたしませぬ」

と二人が亢奮を鎮めながら口々に答えた。

「先の参勤下番の折り、関前藩は行列を整える費用に事欠いた」

なんと、と二人の口から驚きの言葉が洩れた。

「その際、藩では今津屋に金銭の借用を願った。すでに十分過ぎる借財がある関前藩には借金の担保《かた》となるものさえなかった。だが、実高様の真摯《しんし》な心意気に打たれて、今津屋どのが金子を貸してくだされた。このことは藩の限られた者しか知るまい。そなたらには実高様の苦衷《くちゅう》を知っておいてもらいたいのだ」

二人の顔が引き締まった。

のだ。実高と奥方のお代《だい》の方は藩の体面を保とうと、身の回りの調度まで差し出したそのことは若い二人には告げなかった。

「坂崎様、つい浮かれておりました」

「申し訳ございませぬ」

若い二人はしゅんとなった。

「楽しいときには思い切り笑えばよい、嬉しいときには我を忘れてもよかろう。江戸では関前藩はむろんのこと、武家はどこも財政が破綻して四苦八苦しておられる。商人に首根っこを押さえられていると申しても過言ではあるまい。そのことを頭の隅に置いていてほしいのだ。それがしは藩を離れて気付かされた」

「承知しました」

「肝《きも》に銘じます」

いつもながら今津屋は米沢町の角に堂々たる店構えを見せていた。

金銀の相場決済、兌換《だかん》業務、為替の手続きから銭緡《ぜにさし》の両替、さらには金子の貸付と江戸の商いの中心をなしていたから、店先は客で溢《あふ》れていた。だが、金銭を扱う店頭の緊張がどことなく華やいだものを残しているのは正月のせいだろうか。

店の前には大名家の江戸家老か留守居役が乗りつけた駕籠《かご》が二挺《ちょう》横付けされ

ており、供侍や若党らが、今しも店先に姿を現した二人の武士を迎えた。

見送るのは老分の由蔵と筆頭支配人の林蔵だ。

駕籠に乗り込む二人の武士の体からほっと安堵《あんど》の様子が窺えた。

新たな借金の申し込みが受けられたか、すでに借財していたものの返済延期が今津屋に認められたか。

「坂崎様、金子の借用に参られた他藩の方々ですか」

伝之丈が小声で訊いた。

「そんなところであろう」

二人はいきなり武家社会の厳しい現実を見せ付けられて息を呑んでいた。

「おや、坂崎様、今日はお連れ様もご一緒ですかな」

見送りを終えた老分の由蔵が目敏《めざと》く磐音たちに目をとめて声をかけてきた。

「後見、お久しぶりにございます」

林蔵が腰を屈《かが》めて挨拶した。

「老分どの、林蔵どの、本日は佐々木道場の鏡開きの戻りにございます。汗臭いのはご勘弁くだされ」

「おやまあ、ご丁寧《ていねい》なご挨拶で」

と磐音の連れに目をやった。

「この者たちは中居様の支配下にございまして、関前藩と若狭屋との乾物取引の下働きに従事いたします。こちらにもなにかと面倒をかけることもあろうかと思い連れて参りました。よろしくご指導くだされ」

磐音の言葉に二人が、

「別府伝之丈にございます」

「結城秦之助にございます」

と腰を折って挨拶した。

「これはまたご丁重なご挨拶、痛み入りますな」

と鷹揚に笑った由蔵が、

「ちと面倒臭い話で気疲れいたしました。台所で甘いものでもどうですかな、後見どの」

と磐音を誘い、

「初めての方々に台所はまずいですかな」

と気にした。

「江戸の大店の台所を知るよい機会です」

二人はただ磐音に従い、店に入ってその活況に足を竦めた。

「ただ今この刹那《せつな》に、ここで何百何千両という商いがなされておるのです」

二人は声もなく広い店先を見ていた。

「後見、お久しぶりにございます」

「たまには顔をお見せいただかないと、老分さんが寂しそうにございますよ」

商いの手を休めた奉公人が次々と磐音に挨拶し、磐音も言葉を返して台所へと上がった。

おこんが大勢の女中衆に命じて夕餉《ゆうげ》の仕度をしているところだった。

何十人と働く今津屋の台所はいつも竈《かまど》の火が絶えずに温かい。その上、茶も食べ物も直ぐに出てくる極楽のような場所だ。

「おや、新しい顔ね」

両国橋界隈で評判の今小町のおこんが嫣然《えんぜん》と笑いかけた。

「おこんさん、新しく関前藩の江戸屋敷に上がって参った者たちだ」

と伝之丈と秦之助を紹介した。

「今津屋の大所帯の顔が由蔵どのなら、奥向きはおこんさんが取り仕切っておられる。早く二人に信頼されるような者になることだ」

「よろしくお願い申します」

伝之丈と秦之助はあちらでもこちらでも頭の下げっぱなしだ。

「さすが居眠り磬音に比べると活きがいいわねえ。江戸暮らしでお困りの節はどうぞこんにご相談あれ」

おこんが胸を叩き、その間にもてきぱきと四人の男たちの茶を淹れ、

「鮒屋大掾《ふなやだいじょう》の練り菓子でいいかしら」

と京菓子司として日本橋に店を構える名店の菓子が男たちの前に供された。

二人は今津屋の商いの規模とそれを支える台所の活気に、ただただ度肝を抜かれていた。

関前では京の銘菓など、藩主の実高でもそうそう口にはするまい。それが無造作に供されるのだ。

お茶を喫した伝之丈が、

「坂崎様はこちらで後見と呼ばれておられるようですが、なぜでございましょうか」

と訊いた。

「だって坂崎さんは今津屋の相談役だもの」

「江戸一番の両替商の相談役に、坂崎様が就いておられるのですか」

おこんの言葉に秦之助が目を丸くした。

「秦之助、冗談じゃ。深川の裏長屋住まいの浪人が、なにゆえ大店の相談役とか後見であるものか」

磐音が訂正し、由蔵が練り菓子を食べながら口を挟んだ。

「江戸に赴任なされたばかりのお若い方には、今の坂崎様の立場がお分かりになりますまい。おこんさんの言葉もまんざら冗談ではないのです。事実、私はそなた様方の殿様に、坂崎様ならばいつでも今津屋で貰い受けますと申し入れましたよ」

「ほんとうにございますか」

伝之丈がびっくりして問い質《ただ》す。

「むろん真実です。実高様は、関前の宝を持っていくでない、とお断りになられました」

「そうでしょうとも」

伝之丈がほっとしたように答えた。

「まあ、おいおい坂崎様の生き方が見えて参りましょう。結論を急がぬことです」

伝之丈も秦之助も頭を混乱させたまま、茶と練り菓子を馳走になった。

「そういえば、絵師の北尾重政《きたおしげまさ》がまた店に顔を出したわ」

おこんが迷惑そうな顔をした。

北尾は、奈緒が吉原に入った行列の光景を『雪模様日本堤白鶴乗込』と題して吉原五十間道の蔦屋重三郎《つたやじゅうざぶろう》を版元に上梓《じょうし》し、大成功を収めた絵描きだ。

その北尾は今小町のおこんに目をつけて、次なる浮世絵の題材にと口説《くど》いていた。

「私も旦那様も今津屋のおこんさんの名が上がるならば、それはそれでよい話と思うのだが、おこんさんがなかなかうんと言わぬ」

と由蔵が言い、おこんが、

「私は絶対に嫌ですからね」

とむきになった。

そんな台所のやりとりを伝之丈と秦之助は楽しそうに見ていた。そして、刻限に気付いて慌てて、

「また伺います」

と言い残して、藩邸に引き上げていった。

磐音が今津屋に残ったのは、由蔵がなにか話がありそうな顔をしていたからだ。

「坂崎様、南町の木下様が使いに見えられ、大頭どのから呼び出しです。先のご褒美《ほうび》ですかな」

「備後屋の一家殺害ですか。あれはご褒美の出る話ではありません」

「木下様の様子では急いでいるふうにも見えなかったが、なにかな」

由蔵が首を捻り、磐音が、

「この足で訪ねてきます」

と早速立ち上がった。

「帰りに寄って、夕餉を食べていってね」

おこんが誘った。

「話の成り行き次第ですね。どうかあてにはしないでもらいたい」

「そうね。鉄砲玉と、出かけた男衆《おとこし》はあてにはならないわ」

おこんがいささか寂しそうに磐音を送り出した。


数寄屋橋御門の南町奉行所の門前に磐音が立ったのは八つ半（午後三時）の刻

限だ。訴人たちもだいぶ少なくなり、門前にもどこかのんびりした気が漂っていた。

「笹塚孫一様にお目にかかりたいのだが」

と磐音が顔見知りの門番に訪《おとな》いを告げると、

「年番方ならば先ほど堀端に降りていかれましたぞ」

と数寄屋橋の船着場を指した。

磐音が一旦潜りかけた門から堀端に行くと、奉行所の船着場に独り笹塚が立ち、昼下がりの陽射しを浴びながら、水鳥の親子が水面を遊ぶ姿をつくねんと眺めていた。

笹塚は年番方与力として、与力二十五騎、同心百二十五人を率いて、日夜、江戸の治安や経済の安定に心を砕いていた。それだけに、小さな体に大きな精神的な負担がずんと伸《の》しかかっていた。

笹塚が水鳥を眺める姿には、公務の緊張から解放された、放心の様子があった。

磐音は声をかけるのを躊躇《ためら》った。

すると気配に気付いたか、ふいに笹塚が振り向いた。

「そなたか」

「お疲れのご様子ですね」

「時に、人の顔よりも動物を見ているほうが心和むときがある。そなたもここに来て水鳥が遊ぶのを見てみぬか」

磐音も船着場に下りた。

「本日は佐々木道場の鏡開きでした」

「正月の十一日であったな。奉行所でも具足開きをいたしたわ」

「お呼び出しにございますそうな」

「今津屋に立ち寄ったか」

「はい」

「鐘《かね》ヶ淵《ふち》のお屋形様の件よ」

磐音の知人の蘭医《らんい》中川淳庵《なかがわじゅんあん》らを目の敵《かたき》にして亡き者にしようという一団があった。

淳庵らは『解体新書《ターヘル・アナトミア》』という人間の解剖図の翻訳書を出版して医学に貢献したところだ。だが、

「天から授けられた人の体を無闇《むやみ》に弄《いじ》り回すのは冒瀆《ぼうとく》」

と考える狂信者の集団、

「裏本願寺別院奇徳寺血覚《けっかく》上人一派」

に付け狙われる羽目になっていた。

磐音は西国日田《ひた》の山中で中川淳庵と出会って以来、淳庵を暗殺しようという血覚上人の刺客たちと度々戦い、倒してきた。

昨秋、淳庵の供で、行徳浜《ぎょうとくはま》に隠棲《いんせい》する若狭小浜《わかさおばま》藩元御側御用人の岩村籐右衛門《いわむらとうえもん》を見舞いに行ったが、そのときもこの一派に付け狙われた。その折り、どうやら血覚上人一派を操る人物が、

「鐘ヶ淵のお屋形様」

と呼ばれることが判明していた。

磐音はそのことを笹塚孫一に相談していたのだ。

「鐘ヶ淵のお屋形に探りを入れてきた。やはり血覚上人らを指揮するのはこのご老人のようだ」

「何者でございますな」

「遠江横須賀《とおとうみよこすか》藩三万五千石、譜代大名西尾《にしお》家のご隠居だ。ただ今は西尾幻楽《げんらく》と名乗っておられる。若い時代は、短い間だが御奏者番《ごそうじゃ》を務められたそうな」

「御奏者番ですか。厄介な御仁ですな」

御奏者番とは、殿中における礼式に関するすべてを司り、年頭や五佳節に大名諸侯が将軍家に拝謁《はいえつ》する際に取次ぎをなす。

この役職は譜代大名から選ばれ、この役を務め上げた後、寺社奉行、大坂城代、京都所司代を務め、老中に昇進することもある役職だ。

『明良帯録』には、

「言語怜悧《れいり》英邁《えいまい》の仁にあらざれば堪えず」

とあるように、譜代大名の中でも明敏な者が務めた。

「幻楽様は御奏者番から寺社奉行を狙っておられたが、余りにも才気煥発《かんぱつ》に過ぎるというので、幕閣に毛嫌いされて御奏者番も辞めさせられたそうな。これはご自身が周りに説明されたことだ。以来、世をすねた隠居暮らしを鐘ヶ淵の屋形で送っておられるとか」

「それでお屋形様と呼ばれておられるのですね」

「数年前から幻楽様は大和魂の純粋を鼓吹《こすい》されて、奇怪な考えの集団を組織しておられる」

「それが血覚上人の一派ですか」

「さよう。行徳でそなたにこっぴどく叩き伏せられ、近頃鐘ヶ淵では新たに腕の立つ剣術家どもを雇われたと、探索方が報告して参った。それを、そなたに教えておきたかったのだ」

「ありがとう存じます」

「当人がうるさ型の元御奏者番、当代の西尾忠需《ただみつ》様も明和《めいわ》二年（一七六五）頃に務められたとなれば、われら町方では手が出せぬでなあ」

「なれど、中川さんらの命が町中で度々狙われるとなれば、そうのんびりしたことも言っておられますまい」

「だから、そなたを呼んだのじゃ」

「それがしにどうせよと」

「これを機に、鐘ヶ淵のお屋形様の周辺から物騒な者どもを一掃したい。手を貸せ」

「これまで御用の際にお断りいたしたことなどなかったはずですが」

「相手が相手じゃ、まかり間違えばわしもそなたも腹の一つも切らねばなるまい。わしには泣いてくれる者もおらぬが、そなたはあちらこちらに想い女《びと》の影があるでな」

真剣な顔で言った。

それだけ西尾幻楽との戦いが厳しいものであることを笹塚の顔が示していた。

「古狸《ふるだぬき》が相手だ、なんぞ仕掛けを考えねばなるまい。動くときは一郎太に連絡《つなぎ》をさせる」

「承知しました」

磐音は船着場に南町奉行所の知恵者与力を残して、数寄屋橋御門際に上がった。

今津屋に戻るかどうか迷った末に、深川の金兵衛長屋に帰ることにした。となると米、味噌《みそ》は残っていたか。

（問題は菜だな）

と考えながら数寄屋橋を渡って、町屋に入った。

四

翌朝、宮戸川の仕事帰りにいつものように六間湯に浸かっていると、石榴口《ざくろぐち》から品川柳次郎《しながわりゆうじろう》が入ってきた。

「おや、北割下水から六間堀まで遠出ですか」

「この刻限なれば六間湯のはずと見当をつけて会いに来たのです」

「なんぞ御用ですか」

柳次郎が湯船にざぶざぶと入ってきた。

「正月早々、坂崎さんの知恵と腕をお借りしたいのです」

「なにかな」

「業平《なりひら》橋近くに寄合旗本三千石の大久保《おおくぼ》土佐守《とさのかみ》宇左衛門《うざえもん》様の屋敷がありまして、親父が昔から出入りを許されております。いえ、三千石ともなれば、五十人以上の大所帯です。ですが、このご時世、常雇いで家臣を抱える屋敷はありません。城上がりなど供揃えをするときに、御家人の親父が大久保家の家来面をして臆面《おくめん》もなく加わるのです」

さすがの磐音もそんな話は初めて聞いた。

「驚きましたか。北割下水の御家人は恥を捨てねば生きていけません」

頷いた磐音が訊いた。

「大久保様のお屋敷でなにか起こりましたか」

「いえ、江戸のことではありません。知行所で不穏《ふおん》な動きがあるというので、御用人の馬場《ばば》儀一郎《ぎいちろう》様が見回りに行かれるというのです。が、今どきの旗本の奉公人で剣術のできる者はおりません。そこで親父がなにを勘違いしたか、うちの倅をと売り込んだのです。親馬鹿と言いたいが、一文でも稼ぎたい一心ゆえのことです。とにかく親父の安請《やすう》け合いに、仕方なく昨夕、大久保邸を訪ねました」

「知行所で不穏な動きとなると、一揆《いっき》でも起こりそうなのですか」

磐音としてはできることなら、そのようなところに首を突っ込みたくない。

「いえ、百姓衆がどうのこうのという話ではないようです。ですが御用人は、行けば分かるからと曖昧に答えるばかりで、騒ぎがなにかはっきりとは口に出されぬのです」

「困りましたねえ」

「困りました」

二人の間にしばし沈黙が落ちた。

磐音は柳次郎のすまなそうな顔を見て訊いた。

「知行所はどこですか」

「豆州修善寺《ずしゅうしゅぜんじ》です。東海道の三島《みしま》宿から下田《しもだ》街道を下った、山中の湯治場《とうじば》だそうです」

柳次郎の困惑顔には、騒ぎは別にして旅に出たいと書いてあった。

「道中三食付きで日当一分、騒ぎがうまく鎮まった暁には三両の褒賞金が出るそうです」

「箱根の先となると、用事と往復に七、八日はかかりそうですね」

「坂崎さん、無理でしょうか」

「御用人どのはそれがしの同行を承知なのですか」

「坂崎さんのほかに竹村《たけむら》の旦那も行きます」

もはや柳次郎の胸の中では磐音の同行が計算に入っていた。だが、気のいい柳次郎は強く言い切れずにいたのだ。

「宮戸川の鉄五郎親方に今津屋、それに南町奉行所には断らねばなりませんね。それ次第です」

よかった、と嬉しそうに叫んだ柳次郎は、

「お願いいたします」

ぺこりと湯の中で頭を下げた。

「修善寺か。独鈷《とつこ》ノ湯は、なんでも弘法大師が湧《わ》き出させた名湯と聞いたことがある。仕事の心配ならその要はございませんよ。冬場は鰻も忙しくはねえ。柳次郎さんと竹村さんでは頼りにならねえから、友達甲斐に一肌脱いでおやりなせえ」

　と深川育ちの鉄五郎親方が快く鰻割きの仕事を休むことを許してくれた上に、貧乏御家人の倅の柳次郎の手伝いをしてやれと言葉を添えてくれた。

　続いて磐音が回ったのが南町奉行所だ。

　年番方与力の御用部屋に通され、笹塚孫一に事情を述べると、

「そなたはなんとも忙しいのう。まあ、十日ほどならばこちらの仕掛けにもそのくらいの時間《とき》がかかろう。その間に蘭医どのには一人で夜など出かけぬよう注意しておけ」

　と承諾してくれた。

　磐音は南町奉行所から昌平橋に回り、若狭小浜藩邸に中川淳庵を訪ねた。だが、淳庵は外出していた。そこで磐音は門番所で筆と墨を借り受け、淳庵宛てに文を認《したた》めた。その中で、笹塚孫一から知らされたお屋形の正体を記し、しばらくの間、夜の外出や一人歩きはなさらぬようにと注意した。

　ついでに富士見坂の豊後関前藩の江戸藩邸に回る。二つの屋敷はすぐ近くにあった。

　門番は磐音のことを承知していて、

「別府伝之丈様か結城秦之助様を呼び出せばよいのですね」

と直ぐに請け合った。

磐音が富士見坂の坂上に目を向けようとしたとき、

「坂崎どのではござらぬか」

という声がかかった。

振り向くと駕籠が門前に帰着したところで、供侍から声がかかったのだ。

「小此木様、お久しぶりにございます」

普請役の小此木平助の後ろで福坂利高の用人の棟内多門が磐音を見ていた。

酒を飲んでいたのか、二人の顔は赤かった。

「坂崎どのは江戸にお住まいでしたか」

棟内多門が複雑な顔をした。

坂崎磐音は先の藩改革の立役者だが、脱藩して関前藩を離れていた。もはや藩とは関わりのない人間だ。だが、磐音の父正睦は国家老の要職にあって、財政立て直しに日夜努力していた。

江戸藩邸で密かに腰ぎんちゃくと呼ばれる小此木と棟内は、その磐音をどう処遇してよいか、判断がつけられずにいた。

駕籠の引き戸が開けられ、

「正睦どのの嫡男か」

という言葉がかかった。

江戸家老の福坂利高だ。

「利高様、ご壮健にて祝着《しゅうじゃく》至極にございます」

利高の顔も赤かった。

一行は昼酒を飲んでの帰邸のようだ。

「正睦どのもそなたの暮らしを心配なされておられたが……」

利高は宮戸川からの仕事帰りの磐音の格好を睨《ね》め回すように確かめ、

「そのようなむさい格好で藩邸近くを歩かれては、関前藩の体面にも正睦どのの顔にも芳しくなかろう」

「申し訳なきことで」

磐音は恐縮した。

磐音は利高が江戸家老に就任して上府した折りに会っていた。

その折り、豪奢《ごうしゃ》な召し物を着た利高に、藩財政が厳しき折りにございますればと思わず諫言《かんげん》したことがあった。そのとき、利高は素直に耳を傾けてくれた。だが、初めての江戸暮らしが利高の態度と気持ちを傲慢《ごうまん》にも一変させたように思えた。

「坂崎、よい機会じゃ、言うておくことがある」

「なんでございましょう」

「聞くところによると、実高様の周りをうろうろと徘徊しておるそうな。藩を自らの意思で抜けし者が、訝しいことよのう」

「さようなことは」

「ないと言うか。この利高の目を節穴とでも思うてか」

「まことにもってさようなことは考えてもおりませぬ」

「正睦どのの子息ゆえこれ以上は申さぬが、以後、藩邸への立ち入りは禁ずる。門番、さよう心得よ」

と利高は門番に命じた。

「まことに迂闊《うかつ》なことでございました」

「坂崎、物貰いなら裏口と相場が決まっておろう」

さすがに磐音は返答もできず、赤面した顔を下に向けた。

駕籠が門を潜って敷地に入り、小此木平助と棟内多門も従った。

「坂崎様」

老門番の嘉介が言葉をかけようとするのを制した磐音は、

「そなたらにも迷惑をかけたな」

その言葉を言い残すと坂上に上がった。

騒ぎの直後のことだ、伝之丈と秦之助には会わずに行こうかと思ったとき、二人が無言で走ってきた。

「坂崎様、悔しゅうございます」

秦之助が叫んだ。

「ご家老は昼から茶屋通いをしておられます。藩の外で苦労をしておられる坂崎様に、とても言えた義理ではない。それを、それを……」

感情家の秦之助が顔をくしゃくしゃにして叫んだ。

伝之丈は握った拳《こぶし》をぶるぶると震わせながらも無言で堪《こら》えていた。

「聞いておったのか」

「あまりのことにございます」

「秦之助、われら藩の内にいようと外にいようと、信ずるところに従おうではないか」

磐音が静かに言いかけた。

「考えてみれば江戸家老としては当然のご注意である。それがしがちと甘かった。今後は藩邸に立ち寄ることは遠慮いたす。連絡《つなぎ》があるときは今津屋にしてくれぬか」

若い二人はただ頷いた。

「今日、訪ねたのは、明日から江戸を留守にいたす報告であった」

「何処《いずこ》に参られます」

「豆州修善寺じゃ」

磐音が事情を話すと、秦之助が今まで憤慨していた顔を呆れた表情に変えて、

「坂崎様はそのような仕事もなされるのですか」

「浪々の身はその日暮らしだ。なんにでも手を出さねば食えぬでな」

と答えた磐音は、

「その留守の間、中居様から連絡が入るやもしれぬ。その折りは、そなたらの判断で若狭屋どのと急ぎ折衝をしてくれ」

「承知しました」

と伝之丈が答えた。

「判断のつかぬことがあれば、今津屋の由蔵どのに訊いてみよ」

「畏《かしこ》まりました」

と秦之助が答え、

「本来、江戸家老がしっかりしておられれば、このような仕儀には立ち至らぬものを」

とまた悔やんだ。


最後に米沢町の今津屋に辿りついたときには、暮れ六つ（午後六時）前の刻限になっていた。

今津屋の前に人だかりがしていた。いつも大勢の客が出入りする今津屋だ。だが、その人だかりは店で騒ぎが起こっていることを示していた。

「わてに望みはありまへん。江戸の両替屋に火をつけて死にます！」

野次馬の背の向こうから上方訛《なま》りの叫び声が響いた。

「おい、あいつ、本気だぜ」

「危ねえな、よしなって。表には風が吹いていらあな、大火事になるぜ！」

野次馬が叫んだ。

人垣の後ろで箒を持ったままうろうろする小僧の宮松《みやまつ》の姿に目をとめて、

「宮松どの、どうしたのだ」

「坂崎様、大変なことが」

「なにが店で起こっておるのだ」

「喚いておられる方は大坂の両替商淡路《あわじ》屋江戸店の主《あるじ》の寛右衛門《かんえもん》さんです。なんでも金銀相場で大損して、江戸店に大損をかけたとか。錯乱した寛右衛門さんが油樽を何荷《なんか》も持ち込んで、火の点《つ》いた提灯《ちょうちん》を握り締めて脅《おど》しておられるのです」

「今津屋と関わりはあるのか」

「むろん同業ですから老分さんはご承知でしょうが、そう親しくはないと思います。気が動転して両替屋行司の今津屋に駆け込んだようです」

騒ぎを起こせるならどこでもよかったのだと宮松が説明した。

「町方には知らせたかな」

「手代の文三《ぶんぞう》さんが走ってます」

磐音は西広小路の露店の賑わいに目をやった。

「宮松どの、手伝うてくれ」

二人は、地面に竹籠《たけかご》を並べて鶏の雛《ひな》を売る百姓風の男のところに走った。

「雛一羽五文」

という木札が立っていた。

「何羽おるな」

磐音が竹籠の一つを指した。

「三十五、六羽はいようがな。お侍、籠ごと買ってくれるのか」

磐音は一分を出すと、

「二籠分を一つの籠に入れてくれ。釣りは要らぬ」

一分を押し付けた磐音は一つの籠を摑み、もう一つの籠に一気に移した。弾《はず》みで二、三羽が籠の外に逃げ出したが、

「籠はあとで返しに参る」

と籠を摑むと、今津屋に走り戻った。

「よいか、宮松どの、よく聞くのじゃぞ」

宮松に手順を教え込んだ磐音は、雛が入った籠を宮松に渡し、二手に分かれた。

磐音は包平《かねひら》を鞘《さや》ごと抜いて手にした。

磐音と宮松は間口の広い今津屋の東端と西端の野次馬の足元にしゃがみ、互いに合図すると、

「御免くだされ」

「ちょいと店に戻してくださいな」

と足を掻き分けた。

「なにするんだよ」

「今津屋の小僧にございます。店に戻してくださいまし」

「でけえ籠を持ち込むんじゃねえ」

「急用にございます」

「暫時、失礼をばいたす」

二人は野次馬の足を掻き分け掻き分け、騒ぎが見える敷居まで進んだ。

磐音の目に、寛右衛門らしき男が提灯を両手に抱えて、足元に油樽を四荷置いて立っているのが見えた。

そのかたわらで由蔵が、

「淡路屋さん、落ち着きなされ。商いに浮沈は付きもの。さようなことで自暴自棄になっては大坂商人《あきんど》の意地が立ちませぬぞ」

と宥《なだ》めていた。

奉公人たちも、なす術《すべ》もなく立ち竦んでいた。

顔を引き攣《つ》らせ、裾《すそ》をはだけた寛右衛門は一人ではなかった。

頬被《ほおかむ》りをした屈強なやくざ者を二人連れていた。

金でなんでもやる手合いだ。

一人は油樽に柄杓《ひしやく》を突っ込み、もう一人は長脇差を抜いていた。

寛右衛門にだれも近寄らせないためだ。

土間の一部には油が撒《ま》かれて、寛右衛門の提灯が投げられれば一瞬のうちにも燃え上がる仕掛けだ。

磐音は宮松を見た。

「小僧さんか。なんで雛の入った籠なんぞ持ち込むんだよ」

と怒鳴られながらも宮松は、いつでも磐音の合図を待つ態勢でいた。

「今じゃぞ！」

磐音が叫ぶと、宮松が七十余羽の雛の入った籠を店先にぶちまけた。

ぴよぴよぴよ
雛が今津屋の騒ぎに加わり、賑やかに店先を飛び跳ねた。

緊張の対決の一同は雛の出現に注意を奪われた。

磐音は立ち上がりながら寛右衛門に突進した。

鞘に納まった包平の鐺《こじり》の先を、雛の騒ぎに目を奪われた寛右衛門の鳩尾《みぞおち》に一気に突っ込んだ。

寛右衛門が、

「ぐうっ」

と言いながら尻餅《しりもち》をつくように後ろに倒れ、提灯を手から放り出した。

その提灯を磬音は左手で摑み、蠟燭《ろうそく》を吹き消した。

「野郎！」

抜き身の長脇差を構えたやくざ者が磬音に斬りつけてきた。

吹き消した提灯を店の帳場に投げた磬音が、片手の包平で長脇差を擦り合わせ、空《あ》いた左手を添えて、

「くそったれが！」

と再び振りかぶった長脇差の男の首筋に包平を叩き込んだ。

やくざ者が、ぶちまけられた油の土間に倒れた。

さらに長柄杓で応戦しようとしたもう一人の男の鳩尾を突き上げると、雛が暴れ回る土間に腰砕けに転がった。

「やった！」

と宮松が叫んで、制圧戦は一瞬のうちに終わった。

見物の衆からも歓声が湧いた。

「坂崎様！」

ほっとした声を上げた由蔵が、

「はいはい、皆、雛をな、外に追い出してくだされ。欲しい方は今津屋からの引き出物です、ご随意にお持ちくだされ」

と転んでもただでは起きぬ老分が叫び、奉公人たちが雛を野次馬のほうへと追い出し、野次馬がそれを捕まえようとして、新たな騒ぎが店の前で始まった。

その隙に磐音は油樽を店から外へと運び出した。

そこへ文三に案内されて、今津屋に出入りの御用聞きと手先が走り込んできて、土間に倒れている三人に次々と縄を打った。


半刻（一時間）後、磐音は今津屋の台所にいた。

夕餉の仕度を慌ただしくする女衆の中におこんがいて、その手には一羽の雛があった。

「店を救ってくれた雛だから、うちで飼うわ」

とおこんが磐音に言いかけた。

そこへ吉右衛門と由蔵が現れ、

「坂崎様、いやはや助かりました」

「あのように謂れもなく火をかけられたのでは堪《たま》りませぬ」

と口々に言った。

「淡路屋寛右衛門どのはただの金銀相場で失敗《しくじ》っただけではなさそうですね」

「そのとおりです。相場で失敗って多額の借財を抱えられたのは確かだが、そのきっかけになったのが悪所通いに博奕だそうです。町方の連中も承知していましたよ」

吉右衛門が答え、由蔵が、

「旦那様、未遂は未遂ですが、江戸の町中で火を振り回した罪は大きゅうございましょう。淡路屋の江戸店は、これで息の根を絶たれましたな」

と応じた。

「大坂の本店《ほんだな》がとばっちりを受けねばよいがな」

吉右衛門の言葉にはほっとした安堵感があった。

「旦那様、老分さん、店先はきれいに掃除しましたが、油と雛の糞《ふん》の臭いが当分残ります」

筆頭支配人の林蔵が報告に来た。

「店が焼けたことを思えば、なにほどのことがありましょうかな」

と笑った吉右衛門がおこんの掌の雛を見た。そして、

「おこん、坂崎様と老分さんの膳を奥に運んでくだされ。久しぶりに酒を酌み交わしたくなりました」

という主の言葉でようやく今津屋に平静が戻った。

第三章　早春下田街道

一

江戸を出立して四日目の朝まだき、寄合旗本大久保宇左衛門の御用人馬場儀一郎の一行は三島大明神に参詣《さんけい》した。

なにしろ旅慣れた磐音さえ驚くほどの強行軍で、二日目の夕刻には小田原城下に到着し、その翌日には箱根越えを避けて、海沿いの根府川《ねぶかわ》往還を通り、熱海《あたみ》から熱海峠を越えて、三島宿に着いていた。

江戸から三十余里（百二十余キロ）を三日で踏破したことになる。

馬場儀一郎の年齢は六十に近いというのに矍鑠《かくしやく》たるもので、江戸を出立するときには、

「年寄りの足に合わせてゆっくり参りますぞ」

と言っていた。だが、道中に出てみるとなんのなんの、竹村武左衛門《ぶざえもん》などは、

「柳次郎、なにが年寄りの足だ。朝早くから日没まで休みもせずに歩き続けではないか」

とぼやいた。

柳次郎も、

「竹村の旦那、日頃楽をしているから、さような泣き言を申すことになるのだ」

と苦笑いした。

だが、江戸育ちの当人も旅が進むにつれて無口になった。

なにしろ鶴《つる》のように痩《や》せた馬場老人は若党一人に荷を背負わせて、すたすたと一行の先頭を歩き続け、その健脚は衰えを知らない。よほど江戸と知行所を通い慣れているのだろう。

三島宿に到着した直後、旅籠《はたご》で初めて酒が出た。

「世の中に酒があることを存じておられたか」

と武左衛門が皮肉を洩らしたのを聞き咎めた馬場老人が、

「そなた、永の浪人と見たが、堪《こら》え性がないのう。それでは人に信用されまい」

と言い放ったものだ。

「これは恐縮」

武左衛門は頭を掻きながらも膳の徳利に手を伸ばした。

磐音も柳次郎も、旅に出れば修善寺の知行所の騒ぎの内容を話してくれるかと思っていた。だが、馬場老人はまったくその様子を見せることなく、ひたすら黙々と歩き続けた。

四日目の朝も七つ（午前四時）発《だ》ち、下田街道を一気に修善寺まで南下するのかと思ったら、旅籠を出たところで三島大明神に参詣すると言い出した。

東海道と下田街道が交わる三島にある三島大明神は、奈良時代の中頃に創建されたと推定される古社である。

祭神は大山祇命《おおやまつみのみこと》、事代主神《ことしろぬしのかみ》の二神で、三島神は伊豆《いず》諸島の活発な火山運動を鎮《ちん》撫《ぶ》するものとして信仰されてきた。

「馬場様、こたびの知行所へのお出張りと参詣は関わりがあるのでございますか」

磐音がのんびりと言葉をかけたのは、大鳥居を潜《くぐ》り、参道の左右に分かれた神池に架かる太鼓橋を渡ったときだ。

「そなた、三島大明神と武家の関わりをご存じか」

「浅学にて存じませぬ」

馬場老人と磐音が肩を並べ、その後を若党の沼田治作《ぬまたじさく》が従い、さらに離れて柳次郎と足を引きずる武左衛門が続いていた。

武左衛門は旅の二日目から肉刺《まめ》を潰して、足を引きずりながらの旅だった。

「治承《じしょう》四年（一一八〇）に平家打倒を旗印に挙兵をされた源頼朝公が、ここに戦勝祈願をなされて見事に勝ちを収められた。以来、武家の信仰が盛んな神社でな、それがしもその謂れに倣い、知行所の紛争が何事もなく鎮まるよう祈願しようと考えたのじゃ」

「さようでしたか」

二の鳥居を潜り、楼門を抜け、神楽所《かぐら》を通って一行は拝殿前に額《ぬか》ずいた。

馬場老人は長いこと頭《こうべ》を垂れて、祈願し続けていた。

その様子は真剣そのものであった。

旅を急いだのも磐音たちに事情を説明しなかったのも、偏《ひとえ》に知行所の一件が気にかかっていたからであろう。

参詣を終えた一行は明け六つ（午前六時）の刻限、下田街道へと踏み込んでいた。

下田街道は伊豆半島の中央部を、原木《ばらき》、韮山《にらやま》、大仁《おおひと》、修善寺、湯《ゆ》ケ島《しま》、天城峠《あまぎ》、梨本《なしもと》、茅原野《ちわらの》と通って下田湊《みなと》に辿りつく、全長十七里十四丁（およそ七十キロ）の街道であった。

三島から修善寺までは半日もかからぬ距離、馬場老人が三島大明神にお参りした理由の一つだろう。

長閑な新春の風景が広がり、穏やかな日が降り注いで、馬場老人の顔も和み、足もこれまでよりはのんびりしたものに変わっていた。

「馬場様、それがし、伊豆一円は代官江川《えがわ》太郎左衛門《ろうざえもん》様のご支配地とばかり思うておりました」

磐音の問いに馬場老人が顔を向け、訊いた。

「そなた、永の浪人暮らしとも思えぬな」

「数年前までは西国のさる大名家の禄《ろく》を食《は》んでおりました」

「禄を離れたのはなにゆえじゃ」

馬場は、失態があって辞めさせられたかと遠回しに訊いていた。

「それがし、考えるところがございまして自ら藩を離れたのでございます」

ふーん、と馬場老人は鼻で返事をすると、

「父上はどうしておられる」

「国許で借財を抱える藩財政の立て直しに苦労しております」

「倅はそれを知りながら外に出たか」

磐音は黙って答えなかった。

「伊豆一円すべてが江川どのの支配地とは限らぬ。わが大久保家に割り当てられた知行所は修善寺を中心にした山ばかりでな、三千石に見合う田圃《たんぼ》なんぞはいくらもない」

旗本三千石といった場合、米換算での収穫高だ。これを四公六民とか五公五民に分けるので、実入りは千二百石から千五百石ということになる。まして田圃もなく雑穀が年貢ならば、大久保家が金銭に困ったのは容易に想像がついた。

「役料が入らぬ寄合大久保家のご先祖はご苦労なされたと聞く。だが、駿府《すんぷ》より延享《えんきょう》二年（一七四五）にわさびの栽培法が伝わり、江戸での消費が広がった。特にこの安永に入り、伊豆わさびの評価が高まり、少しばかり息をついたところじゃ」

直参旗本は御役に就いて役料が貰える。無役の旗本は家禄《かろく》だけで暮らしを立てねばならぬから四苦八苦することになる。それは大身《たいしん》旗本も御家人の品川家も事情は同じだ。

またわさびの需要が増えたのは、刺身にわさびを添えることが定着したからだという。

「馬場様、こたびの紛争についてお訊きしてようございますか」

老人からは返事がなかった。

「われらも騒ぎを承知していたほうが動きやすうございます」

「品川どのの倅よりそなたのほうが頼りになりそうじゃな」

馬場老人がぽつりと呟く。

「はて、そのようなことは」

「修善寺が昔からの湯治場ということをそなた、承知しておるか」

「独鈷ノ湯と申す古き湯が湧くと聞いたことがございます」

「弘法大師ゆかりの湯でな、鄙《ひな》びた湯治場よ」

と自慢するふうもなく答えた馬場老人は、

「大久保家では先代以来、なんとか知行所から収益を出さんと屋敷を利用して、湯治に来た客を相手にほそぼそと賭場を開いてきた。その上がりで江戸の暮らしをなんとか凌《しの》いできたのじゃ」

「旗本家の知行所で賭場ですか」

「そう申すな。背に腹は替えられぬ道理じゃ」

「いかにもさようにございました」

苦労は大名も旗本も同じだ。

「むろん領民の賭場通いは御法度、幕府に目を付けられるような大博奕《おおばくち》も禁じてきた。まあ、湯治客の暇つぶし、大怪我《おおけが》をせぬ程度の小便博奕じゃ。だからこそ何十年も続いてきた」

「…………」

「ところが、昨年の夏時分から渡世人がうちの賭場に目を付けた。それもこれも伊豆わさびが売れて、百姓たちが金持ちになったからじゃ。そやつめ、最初のうちは、堅気のふうで近付いてきたので出入りを許した。客あしらいもよいので、つい賭場の胴元を委《ゆだ》ねたと思われよ」

「庇《ひさし》を貸して母屋《おもや》を取られましたか」

「まあ、そんな按配《あんばい》じゃ」

と溜息《ためいき》をついた馬場老人は、

「一度悪い虫がつくといろいろと集まってくる」

と嘆いた。

「賭場を任せた男は吉奈《よしな》の唐次郎《とうじろう》という渡世人じゃ。この男はそれがしが面接したゆえ承知しておる。最初は独りでなにやかやとやっておったが、一人入れ、二人加えで、とうとう知行所の賭場を十余人ほどで仕切るようになった。となるともはや小便博奕などはやっておられぬ。懐の豊かな湯治客に狙いをつけて、とことんしゃぶるという手口じゃ。さらには懐の金ばかりではなく、在所の屋敷まで押しかけて借財を取り立てるようになった。ついには領民も賭場に誘い込む。となると苦情が江戸の屋敷にも舞い込むようになった」

馬場老人がまた重い溜息をついた。

「この賭場の盛況に目をつけたのが下田湊の網元、蓑掛《みのかけ》の幸助《こうすけ》じゃ。知らせによれば、網元といいながら、漁師を集めて賭場を開いて金を楽に集めようという手合いらしい」

「山の渡世人と海のやくざ者が、修善寺の賭場を狙って対決しているということでございますか」

「まだ小競り合いだそうじゃが、修善寺からは、やいのやいの言って参ってな。

それゆえ殿の命でわしが出張ることになったのじゃ」

「蓑掛の幸助の手下《てか》は何人にございますか」

「修善寺に押しかけておるのはやはり十数人と聞いた」

「双方合わせて三十人ほどの騒ぎを、われら三人でどうしようと考えておられるのでございますか」

「うーむ」

と唸《うな》った馬場老人は、

「できることなら吉奈の唐次郎と蓑掛の幸助を呼んで、双方に大久保家の知行所から手を引かせたいのじゃ。話し合いでな」

「成算はございますか」

「うーむ」

とまた唸った老人は、

「一旦喰らいついたやくざ者がそう簡単に金蔓《かねづる》を手放すとも思えぬ」

「その場合はどうなさるのですか」

「そこまではまだ考えておらぬ」

磐音はしばし黙考しながら歩き続けた。

「馬場様、その者どもをおとなしく引かせるには、金子を渡すほかございますまい」

「小便博奕でようよう体面を繋《つな》いできた大久保家に、余分な金子などない」

「となると、あとは力で押すしかございませんが、双方合わせて三十人をわれら三人でとは、まず難しい相談です」

馬場老人はしばし黙り込んだ後、磐音に相談するように訊いた。

「なんぞよい知恵はないか」

「まずは状況を知ることが肝心です」

「なるほど」

「とはいえわれらのような浪人者が同行しては、最初の話し合いすらうまくいくとも思えませぬ」

「そなた、どうせよと申すのじゃ」

馬場が困惑の声を上げた。

「馬場様が話し合いで解決したいという熱意をお見せになることが肝要にございましょう。まずは馬場様と沼田どのの二人だけで修善寺の知行所に参られてはいかがですか」

「そなたらはどうする」

「密行して修善寺に入ります。馬場様の話し合い次第でわれらが行動を起こす。そのほうがこちらの手の内を見せなくて済みます」

「悪い考えではないな」

「われらが泊まる家はございませんか」

「知行所屋敷近くに、わさび田を持つ百姓の松五郎《まつごろう》の家がある。大久保家とも親しく、そこならば納屋もあるで、そなたら三人くらいは泊まれよう。手配しておく」

「相分かった」

「連絡《つなぎ》は沼田どのにお願いいたします」

一行は狩野川の舟運で栄えた立場《たてば》、原木宿に近付いていた。

柳次郎は話し込む馬場と磐音のことを気にしながらも、近寄ろうとはしなかった。

真相を探るのは磐音に任せた感じだ。

一方、武左衛門は仏頂面で足を引きずりながら柳次郎の後ろから従っていた。

「ともあれ、それがしの一存だけではどうにもなりませぬ。仲間の品川さん、竹村さんと相談せねばなりませぬ」

狩野川河畔に一膳飯の暖簾が見えた。

「ちと早いが昼餉といたすか。そこで相談をせよ」

「承知しました」

磐音は頷いた。

早い昼餉というので喜んだのは竹村武左衛門だ。名物の鮎《あゆ》の塩焼きに酒でもつかぬかと期待顔だ。

磐音が柳次郎と武左衛門に修善寺の仕事の内容を告げた。

「坂崎さん、われら三人で渡世人三十人を相手せよと言われるのか！」

武左衛門が大声を上げた。

「竹村の旦那、まず話をよく聞け」

と柳次郎が注意した。

「柳次郎、そなたはかような仕儀に立ち至ったとき、やくざ者が話し合いで、はい、さようでございますかと手を引くと思うてか」

「難しかろうな」

「となれば、われら三人が表に立つということではないか。日当一分で生き死にさせられて堪るか」

永の浪人暮らしの上に子供が四人もいる竹村武左衛門はそれだけ必死だった。

「話が違うぞ、柳次郎」

「ならば旦那はここから引き返すか」

「路銀もなくてどうせよと申すか」

苦虫を噛《か》み潰したような顔で武左衛門と柳次郎の言い合いを聞く馬場老人に、磐音が言いかけた。

「われら、幾たびも苦労をともにした仲でござれば、忌憚《きたん》なく話し合うのが習わしにございます。ご懸念なきよう」

憮然《ぶぜん》としてなにかを言いかけた馬場老人に先んじて、

「品川さん、竹村さん、出ないお化けに驚いても仕方ありますまい。まずは大久保様の知行所の状況を見ようではありませんか」

「坂崎さん、なんぞ知恵があると言われるか」

「今はございません」

「暢気《のんき》なことを」

と一人いきり立つ武左衛門の前に膳が運ばれてきた。

「竹村の旦那、腹が減っては戦もできまい。まずは腹を満たそうか」

と柳次郎が言うより先に、武左衛門が箸をつけた。

「先ほどそなたと交わした打ち合わせどおりでよいな」

と磐音に念を押した馬場儀一郎と若党の沼田治作が、先行して修善寺に向かった。

残された三人の膳には当座の費用の二両が置かれてあった。

馬場老人らが視界から消えたのを見届けた武左衛門が、

「酒をくれ」

と馬方を相手にしていた小女《こおんな》に叫んだ。

「旦那、昼間だぞ」

柳次郎が注意をした。

「柳次郎、話が違うのだ。酒でも飲まずにいられるか」

「われらの仕事なんてものは、元々話が違うのは当たり前ではないか。旦那、もう少しおれの立場も考えろ」

「おぬしの立場だと。なんだ、それは」

「おれの親父が売り込んで得た仕事ということだ。親父の体面もある」

「そんなこと知るか」

二人の間が険悪になるのを、まあまあと磐音が宥めて、

「竹村さん、酒は一杯だけで我慢してください」

と提案した。

「そなたら、付き合わんのか」

「遠慮します。竹村さんも一杯だけですよ」

磐音が茶碗酒を頼み直した。

茶碗酒が直ぐに運ばれてきて、武左衛門が一気に飲み干し、少しばかり機嫌を直した。

その表情を見た磐音が、

「竹村さん、品川さんのお父上はわれらによかれと思うて紹介してくださったのです。この仕事とて、これからどう転ぶか分かりません。われらの手に負えぬときは馬場様と相談し、品川さんに願って、江戸に帰るまでです。そのときまで仲間同士の諍《いさか》いはよしにしませんか」

のんびりとした磐音の言葉に竹村の顔色が変わった。がばっと姿勢を改めて這《は》い蹲《つくば》った武左衛門が、

「柳次郎、坂崎さん、つい悪い癖が出た。すまぬ、このとおりだ」

と頭を下げた。

柳次郎が溜息をつき、磐音が笑った。

二

「坂崎さん、里の様子をどう思いますか」

と柳次郎がふいに訊いた。

原木宿を昼過ぎに発った三人は、日が落ちる前に悠々と修善寺入りして湯治場をひととおり見て歩いた。

「若い娘の姿がまったく見かけられませんね」

村じゅうがなにかに怯《おび》えて暮らしている、そんな感じだった。

「間違いなく吉奈一家と蓑掛一味の出入りを気にしてのことですよ」

村見物を早々に切り上げた三人は、松五郎の家に向かった。

村外れに松五郎の家はあった。

長屋門を持つほどではないが、山の斜面の竹藪《たけやぶ》に囲まれた家はかなり大きかっ

た。藁葺《わらぶ》きの母屋の玄関で磐音が訪いを告げると松五郎が顔を出し、

「馬場様から聞いております」

とすぐに母屋から離れた納屋に案内した。

納屋は囲炉裏《いろり》の切られた板の間と、それに続く板の間に筵が敷かれた十畳ほどの一室があり、三人が寝泊まりするには十分なものだった。部屋の隅には夜具もすでに積まれ、

「まずは湯に行ってきなせえ」

との言葉に独鈷ノ湯に向かった。

湯から戻った三人を膳が待っていた。

自在鉤《じざいかぎ》には鉄鍋《てつなべ》が掛かり、味噌仕立ての猪鍋《しし》がぐつぐつ煮えていた。

ひじきと山菜の煮物と鍋を菜に、麦飯を食した。

修善寺村外れのわさび田百姓松五郎の納屋の囲炉裏では、粗朶《そだ》がちろちろと燃えていた。

伊豆山中の陰暦一月、春とは名のみで夜になると寒さが増した。

独鈷ノ湯に浸かり、夕餉を馳走になった磐音たちは、満腹の体《てい》で粗朶が燃える様子を黙然と見ていた。

「この家《や》の主《あるじ》も訝しいな」

「品川さん、なんぞ不審なことでも」

「井戸端に器を運んだときに、女の影が見えたようだが、慌てて母屋に走り込んだ」

「われらのような三人が泊まり込めば警戒もしよう。怪しまれても仕方ないでしょう」

磐音の言葉に柳次郎が、昼間からしゅんとしている武左衛門の髭面《ひげづら》を見た。

「江戸の殿様の御用人の頼みで仕方なしに泊めてはみたものの、姿を見せたのが不逞《ふてい》の三人ではねえ」

「賭場を巡っての諍いの最中ゆえ、できれば関わりたくないのでしょう。用心するのは当然です」

と磐音が答えたとき、納屋に近付く足音がして、若党の沼田治作が姿を見せた。手拭いをぶら下げた様子は湯に入りに行くふうで、屋敷を出て連絡《つなぎ》に来たようだ。

「外は寒かったでしょう。囲炉裏端に上がられよ」

磐音の言葉に黙って頭を下げた治作が上がってきた。

旅の間もほとんど口を利《き》かず、無口な若党だった。

「御用人からの言伝《ことづて》にございます。馬場様は、吉奈の唐次郎に早速最初の談判をなさいました。ですが、知行所の賭場から手を引くようにとの御用人の要望に唐次郎は鼻でせせら笑って、素人が賭場をやるのは難しい、もし江戸に分け前を送れというのなら、いくらかは上納してもいいと答えたそうです」

唐次郎は一旦手に入れた賭場を手放す気はさらさらないのだ。話し合いは最初から決裂したということだ。

旗本三千石も嘗《な》められたものだ。

「予想された返答ではありますね」

柳次郎が答え、賭場の様子を訊いた。

「江戸で考えていたよりも派手に開かれておりまして、もはや湯治場の鄙びた手慰みの賭場とは一変しております。第一、屋敷そのものが吉奈の唐次郎一家に乗っ取られた感がございまして、われらの居場所もない有様にございます」

「お気の毒に」

「あのう、それと……」

治作が口ごもった。

「知行所屋敷に修善寺やその近郷から村娘を連れ込んで、賭場の客の相手をさせているのです。さすがの馬場様も唐次郎を叱りつけて、すぐにやめよと命じられましたが、唐次郎は聞く耳を持ちません」

「道理で村に娘の姿が見かけられないわけか」

と呟き、柳次郎はさらに問うた。

「今宵《こよい》も賭場は開かれておりますか」

治作が頷き、

「連夜のことのようで、夕暮れになると唐次郎の子分どもが湯治宿の客を誘って歩くのだそうです」

「今宵は何人ほどが集まっておりますか」

「様子では十数人はいたでしょう。多い夜は二十人から三十人が入れ代わり立ち代わりの盛況だそうです」

「唐次郎一味は何人ほどです」

「知行所屋敷の周りに竹槍《たけやり》を持った子分が七、八人警戒に立ち、賭場には浪人者を含めた手下がやはり同数いるようです」

「なんですか」

「なにっ、浪人もおるのか」

武左衛門が声を張り上げ、情けなさそうな顔をした。

「蓑掛の幸助一家はどちらにいるのですか」

「知行所屋敷から三、四丁ばかり離れたところにある修禅寺の境内《けいだい》に陣を構えているそうですが、こちらの人数などは分かりません」

「すぐに出入りの気配はないのですね」

「蓑掛の幸助は下田湊に戻っているそうです。幸助が戻ってくるのを待って出入りが始まるのではと、屋敷の奉公人は怯えております」

およその様子は判明した。

「馬場様から他に命はございませんか」

「連絡《つなぎ》も思うようにはできぬようになるやもしれぬ。その場の状況に応じて動けるように気を抜くな、とのことです」

承知しましたと答えた磐音は、

「馬場様にお伝えください。われらはまず蓑掛の幸助一家の陣容を探り、なにか手立てはないか思案しますとな」

治作は頷くと引き上げていった。

「柳次郎、えらいところに来たぞ」

武左衛門がぼやいた。

それには答えず、柳次郎がどうしますという顔で磐音を見た。

「寝る前に独鈷ノ湯に浸かって、ない知恵を絞りましょうか」

磐音が囲炉裏端から立ち上がり、武左衛門は、

「何度も入ると湯あたりする。おれは休むぞ」

と筵が敷かれた部屋に早々に向かった。

「私も湯に入りに行こう」

柳次郎は手拭いを摑みながら、磐音が大小を腰に差すのに目をとめた。そして、

（ただの湯ではないな）

と感付いて、差料《さしりょう》に手を伸ばした。

二人は闇《やみ》に紛れて松五郎の家を出た。

村外れの山の斜面にある松五郎の家を下って、桂川《かつら》を上がると、大久保家の知行所屋敷があった。

桂川は狩野川に流れ込む支流の一つだ。

屋敷は主が巡察に訪れたりするときに泊まるためのもので、大久保家から屋敷

と知行所の上がりの管理を委託された番人一家と奉公人が住んでいた。

今、磐音と柳次郎の視界にその屋敷が浮かんだ。

闇に包まれた修善寺の湯の里にあって、そこだけが篝火《かがりび》に浮かび上がって賭場の亢奮が伝わってきた。

「屋敷に忍び込むのですか」

柳次郎が訊いた。

「知行所は明日にしましょう。今晩は蓑掛の幸助の陣屋見物です」

磐音たちは修善寺の湯に到着したとき、湯治場を歩いて、なにがどこにあるかおよそのところを確かめていた。

桂川河畔の上流にある修禅寺もおよその見当がついた。

磐音は歩きながら手にぶら下げていた手拭いで頬被りをした。それを見た柳次郎が真似て、

「まるで夜盗ですね」

と苦笑いした。

修禅寺は大同《だいどう》二年（八〇七）、弘法大師によって開基されたと伝えられる古刹《こさつ》であった。のちに北条早雲の手によって再興され、延徳《えんとく》元年（一四八九）には曹

洞宗に改宗されていた。

下田湊から出張ってきた蓑掛の幸助一家は、修禅寺の山門脇の古屋敷に陣取っていた。

通りに面した入口には提灯がぶら下がり、こちらは鯨漁にでも使うような長柄の銛《もり》が立てかけられてあった。

二人は修禅寺の境内に入り込み、幸助一家の古屋敷を覗き込んだ。

土間に喧嘩《けんか》仕度の男たちがいて、上がりかまちでは剣客二人が茶碗酒を飲んでいた。

見えるだけで五、六人はいた。

「坂崎さん、内藤新宿で四谷大木戸の金貸し黒木屋左兵衛《くろきやさへえ》と上町の渡世人新場《しんば》の卓造《たくぞう》一家が賭場を巡って争ったとき、小銭稼ぎに行きましたね」

「そんなこともありましたか」

「あの折り、南町の大頭与力が双方に都合のよいことを焚《た》き付けて、相争わせたことがありました」

「そういえば、笹塚様によいところをかっさらわれましたね」

「われらの手に残ったのは飯代くらいの端金だった。あの手を使いますか」

「まあ、両派を争わせるのが一番の策でしょうね。それには工夫がいるが」

と磐音が答えたとき、背中から声が響いた。

「吉奈の唐次郎の探索方か」

振り向くと、先が尖《とが》った長柄の銛が二本、磐音と柳次郎に向けられていた。

どうやら蓑掛の幸助一家の見張りに見つかったようだ。人数は四人だった。

「勘違いしないでくれ。われらを雇ってもらえぬかと様子を窺っていたところだ」

柳次郎が言い訳をした。

「怪しい野郎どもだ。連れていけ」

兄貴株が命じて、磐音と柳次郎は古屋敷に連れ込まれた。

「どうした、岩梅《いわうめ》」

と茶碗酒を飲む剣客が兄貴株に訊いた。

「こっちの様子を境内の暗がりから窺ってたんで、吉奈一家の用心棒かと思うんですがね、土屋《つちや》先生」

土屋と呼ばれた剣客がじろりと二人を睨んで、

「頬被りをとれ」

と命じた。

磐音と柳次郎は素直に従った。

「見かけぬ顔だな」

「江戸で揉《も》め事を起こして逃げ出したばかりだ。韮山で、修善寺に行けば銭になると聞いてきたところだ」

柳次郎が応対した。こういうところは貧乏御家人の次男坊、機転が利く。

「こちらで用心棒に雇ってもらえぬか」

「親分がおられぬで、改めて出てこられい」

土屋が自分の割り前でも少なくなると思ったか、そう答えた。

「幸助親分はいつ戻ってこられるな」

「明日の夜か明後日までには戻ってこられよう」

「ならばその頃参ろうか」

「親分は腕の立つ助っ人を連れに下田に戻られておるのだ。そなたらが雇い入れられる余地はあるまい」

土屋が意地悪く言った。

今一人の揉み上げの剣客がにやにやと笑った。

「となれば、この足で吉奈の唐次郎一家に売り込みに参るとするか」

柳次郎が磬音に言いかけた。

「なにっ！　そのほうら、相手方に加わるというか」

土屋が、上がりかまちに置いた赤漆塗《あかうるし》りの鞘拵《さやごしら》えの大刀を引き寄せた。

「われらも食わねばならぬでな。そなたらのように茶碗酒を好き放題に飲める身分になりたいものだ」

「おのれ、許せぬ」

土屋が立ち上がった。

子分たちがさあっと二人を囲むように半円を作った。

「どうなさると申されるか」

「吉奈に加わるというのなら、ただ今このときから敵方じゃ。斬る」

「そんな乱暴な。われらはまだ雇ってもらったわけではない」

「土屋先生、手助けいたそうか」

揉み上げが言った。

「比企氏《ひきうじ》、茶碗酒の四杯や五杯、神武《じんむ》一刀流土屋統八郎《とうはちろう》の腕にはいささかも狂いはござらぬ。貧乏浪人の一人や二人、いかようにも料理いたす」

土屋統八郎が、手にしていた赤鞘の剣を帯に戻して腰を捻《ひね》った。

「土屋どの、ご容赦くだされ。われら、考え違いをいたしておった。幸助親分のお戻りを待つゆえ、今日のところはご勘弁願いたい」

磐音が詫《わ》びて、頭《こうべ》を下げた。

柳次郎も慌てて頭を垂れた。

「勘弁せよと申すならば、詫びの仕方もあろう。この場に土下座なされよ」

土屋の暴言に、比企と呼ばれた揉み上げが手を打って喜んだ。

「土下座などはいけませぬな」

磐音の言葉はあくまでのんびりとしていた。

それが土屋の癇癪《かんしゃく》を爆発させた。

「ならぬ。武士が一旦口にしたことは力尽くでもさせてみせる!」

柄に手をかけた土屋に柳次郎の堪忍袋の緒が切れた。

「下手《したて》に出れば増長しおって、こちとらは昨日今日の貧乏浪人じゃねえや。江戸は本所北割下水で産湯を使った直参だ。てめえらのようにあっちこっちのごみ溜《た》めを漁《あさ》る野良犬浪人と一緒にするねえ!」

歯切れのよい啖呵だった。

騒ぎの場ということを忘れ、磐音は惚《ほ》れ惚《ぼ》れと柳次郎を見た。

「おのれ、野良犬浪人と申したな」

土屋統八郎が柄に掛けた手を返そうとした。

その瞬間、いつものんびりとした磐音が迅速に動いた。

するすると土屋統八郎の内懐に入り込み、抜き放とうとした柄を包平《かねひら》の柄頭で、
ぴたり
と押さえた。

「おのれ！」

と言いながら土屋は顔を赤らめて、力で押し戻そうとした。だが、長閑な顔付きの磐音に押さえられた土屋は身動き一つできなかった。

血相を変えた比企が立ち上がり、磐音の背を襲おうとした。

それに柳次郎が立ち塞《ふさ》がった。

さらに色めきたった子分たちが銛を構え直した。

ふいに磐音の包平の柄頭の力が抜かれた。

「こやつ、許せぬ！」

と土屋統八郎が剣を引き抜こうとした。

その瞬間、さらに早く磐音の包平が鞘ごと抜き上げられ、柄頭が土屋の鳩尾《みぞおち》に、
ぐいっ
と突き込まれた。

「うっ！」

と呻《うめ》き声を上げた土屋が腰砕けに土間に転がり、

「これ以上戦っても、一文にもなりませぬぞ！」

という磐音の声が凜然と響き渡った。

古屋敷の土間はその声に圧倒されて動きを止めた。

「蓑掛の親分が戻られた頃合い、また伺います」

磐音が宣告し、柳次郎が、

「ほれほれ、道を空けぬと、神保小路仕込みの直心影流がもう一舞いすることになるぜ」

と子分たちを威嚇《いかく》して通り道を空けさせた。

二人は闇に紛れて松五郎の納屋に戻り、

「しまった、独鈷ノ湯に浸かるのを忘れていましたよ」

と磐音が言った。

「裸で立ち回りはしたくありませんからね。今晩のところは二度目の湯は我慢しましょうか」

柳次郎が消えかけた囲炉裏に粗朶をくべた。すると新たな火が燃え上がり、奥の板の間まで浮かんだ。

「竹村さんがおられぬぞ」

磐音の驚きの声に、柳次郎が一つだけ敷かれた夜具のそばに行き、温もりを確かめていたが、

「竹村の旦那、江戸に逃げ戻ったかなあ」

「路銀もあるまいに、なんぞ考えがあって出られたか」

「旦那が動くとろくなことはないのだがな」

と柳次郎が嘆息した。

三

桂川に川霧が漂っていた。

それが湯の煙と溶け合って、修善寺の朝の情景を美しく描き出していた。

磐音と柳次郎は、桂川の岩を穿《うが》って湧き出す独鈷ノ湯に身を浸していた。

相客は老夫婦が一組だけだ。

「近頃は賭場が盛んで、朝湯に来る湯治の衆もめっきり減ったな」

呟くように言った老人が、

「お侍さんは賭場に行きなさるか」

「いえ、われらは博奕より朝湯の口です」

と磐音がのんびりと答えた。

「そのほうがいいわ。怪我もせんでな」

「怪我をする金子も持ち合わせておりませんが」

「なによりなにより」

老夫婦は朝の日課という湯から上がった。すると別の客が入ってきた。

大久保家の若党沼田治作だ。治作は偶然にも湯で一緒になったという体で黙礼し、湯に入ってきた。

治作は湯煙の立つ湯の中で磐音たちに背を向け、湯に浸かった。

「坂崎様、品川様、お仲間の行方をご存じにございますか」

治作が潜《ひそ》み声で訊いた。

「なに、竹村の旦那がどうかしたか」

柳次郎が驚いた顔を治作の背に向けた。

「先ほど修善寺に着いたばかりという体で、吉奈の唐次郎のところに売り込みに来られました」

「朝っぱらから掛け合いか」

「賭場が朝方まで続きますので、掛け合いの刻限としては絶妙でした」

「考えているのか行き当たりばったりなのか、見当もつかぬな」

「そこです。馬場様が、お二人の命での行動か、あの御仁の変節か、気になされておられます」

「沼田どの、ご心配めさるな。それがしの一存で、竹村さんには吉奈一味に加わってもらいました」

磐音が即座に答えた。

馬場に心配をかけたくなかったからだ。

「それならばよいのです」

「で、用心棒に採用されたのかな」

「蓑掛が人数を集めに走っているというので、うまいこと入り込まれました。私が台所を覗くと、あの御仁がさも前々からの用心棒という顔で酒を飲んでおられました」

「旦那らしいや」

と柳次郎が感心した。

「昨夜、われらも蓑掛一家に交渉する羽目に陥りました」

と磐音がかいつまんで経緯《いきさつ》を語った。

今度は治作が驚いた様子で顔を磐音たちに向けた。

「馬場様には今のところ順調とお伝えください」

そう言うと磐音は湯から上がった。柳次郎も続きながら、

「竹村の旦那、羽目を外さぬとよいが」

と呟いた。

二人が松五郎の家の納屋に戻ると、松五郎自ら朝餉の膳を運んできたところだった。松五郎の身仕度からして、すでにわさび田でひと働きしてきた様子があった。

「松五郎どの、言い忘れておりました。私どもは二人になりました」

松五郎がびっくりした顔で磐音を見た。

「一人、知行所屋敷に移ったのです」

「ならば膳は一つ持ち帰りましょうかな」

「手数を掛けます。ところで、松五郎どののわさび田を見せてもらえませんか」

「わさび田を見たいとおっしゃるので」

「わさびはきれいな沢で育てられると聞いたことがあります。ぜひ見たいものと、江戸から楽しみにして参りました」

磐音の言葉に松五郎の顔がほぐれた。

「近頃、修善寺に来られる男衆は博奕ばかりに気がいってな、わさびどころか湯にも満足に入ろうとせん。お侍、いつでも声をかけてください。わさび田に案内《あない》しますでな」

「お願い申します」

朝餉は鯵《あじ》の干物に針わさび、若布の味噌汁に麦飯だった。

二人は三杯飯を食べて満足した。

「旅に出ると一段と飯が美味いのはどういうわけだろう」

江戸の本所育ちの柳次郎が腹をさすりながら言う。

「まったく美味しいですね」

「竹村の旦那、このような朝餉を食べているかな」

口では悪口を言う柳次郎だが、武左衛門の身を案じていた。

「飯よりも酒という方ですからね」

「そこが心配なところです」

と応じた柳次郎が、

「今日はどう動きますか」

と磐音に訊いた。

「われらも吉奈に売り込みに行きますか」

「賭場は夜通しでしょうから、昼過ぎにならねば、唐次郎も起きてはいないでしょう」

「今から訪ねても話になりませんか」

「蓑掛の幸助が修善寺に戻ってくるのも、今日の夕刻か明日ですね」

「今夕までに、両派をぶつけ合う仕掛けをなんとか考えねば」

と呟いた磐音は、

「わさび田でも見物に行きましょうか」

と柳次郎に提案した。

伊豆のわさび田は慶長《けいちょう》年間（一五九六〜一六一五）、安倍川上流の有東木《うとうぎ》の渓谷に自生していたわさびに手を加えて栽培するようになったのが、始まりとされる。やがてこのわさびが駿府城にいた家康に献上されて、

「味と香りは天下一」

と激賞されることになる。さらにある時期は門外不出の御法度品にまでなったという。それはわさびの葉が徳川家の家紋の葵《あおい》に似ていたことに由来し、わさびに、

「山葵」

という字があてられたのだという。

このわさびの栽培法が伊豆半島に伝わったのは、延享二年（一七四五）のことで、椎茸《しいたけ》の栽培法を見習いに行った天城狩野口の山守がわさび苗を持ち帰ったことに始まる。

もともと伊豆の天城の谷川にはわさびが自生していたこともあり、天城一円にわさび栽培が一気に広がり、かつ庶民が口にする蔬菜《そさい》であり、香辛料としての地位を得た。

だが、大幅に需要が増え、売り上げを伸ばしたのは数年前からのことだ。

今、磐音と柳次郎の見下ろす斜面の下にわさび田が広がっていた。

伊豆地方のわさび栽培は独特で、沢伝いに石を積み上げて田を段々に造る畳石《たたみいし》という栽培法がとられた。

天城山中に湧き出る清水は水温が一定で、それが伊豆のわさびを上質なものにした。

わさび田に光があたり、畳石を流れ下る水がきらきらと煌《きらめ》いた。

二人は松五郎のわさび田を見物させてもらうために母屋を訪ねたが、すでに働きに出ていた。尋ねつつ行けばなんとかなろうと、村人に二度ほど訊いて、松五郎のわさび田の裏手の山の上に辿りついた。

「坂崎さん、娘たちがわさび田で働いていますよ」

松五郎のわさび田では、足首まで流水に浸けた娘たちがわさびの苗の手入れをしていた。菅笠《すげがさ》の下の顔に清流の煌きが反射していた。

「村を歩いても娘の姿など一人も見かけないのに、どこにいたのでしょうね」

柳次郎は訝しそうな顔をした。

「おそらく、松五郎どのの母屋に住み暮らしているのでしょう」

「母屋にですか」

「吉奈の唐次郎は、娘と見れば賭場に強引に連れ込んで客の相手をさせるとか。自衛のために村外れの松五郎どのの家に集めて、潜み隠しているのではありませんか」

「秘密が洩れないように、男の松五郎さんが納屋まで膳を運んでこられるのですかね」

「おそらくそうでしょう」

磐音は答えながら、わさび田に不穏な気配が流れたのを感じた。

「品川さん、こちらに」

磐音は柳次郎を大木の幹元にしゃがませた。

「どうしました」

「娘たちを狙っている者がわさび田に上がってきます」

磐音は樹間から望める谷間の下を指した。すると七、八人の男たちがわさび田を急襲しようとしていた。

「なんと、竹村の旦那もいますよ」

男たちには三人の浪人が交じり、その一人が武左衛門だった。

「おれたちといるときより生き生きしているぞ」

柳次郎が呆れたように呟く。

「ということは、吉奈の唐次郎一味ですね」

「くそっ！　わさび田で働く娘たちを賭場に連れていって客の相手をさせようという魂胆か」

柳次郎の声が怒りに震えていた。

磐音は足元の土を手で摑み、

「松五郎どのには一宿一飯の恩義があります。ひと働きしましょうか」

と言いながら、顔に土を塗りたくった。

「変わった趣向ですね」

「早々にわれらの顔を晒《さら》すこともありますまい。蓑掛の幸助一味の用心棒の仕業に見せかけましょう。駄目で元々です」

「おもしろい」

柳次郎も顔に泥を塗りたくり、手拭いで盗人被りに決めた。さらに着流しの裾を腰の帯にたくし上げると、出来損ないの野盗二人ができあがった。

磐音は脇差を抜くと、手近に生えていた竹を一本すぱっと切り倒した。さらに何度か脇差を振るって、四尺五寸ほどの竹棒を二本、手早く作った。

「まあ、これでよいでしょう」

一本を柳次郎に渡した。

「これで応戦せよということですか」

柳次郎が頼りなげな竹棒を手にとった。

「それがしがあやつらの相手をします。品川さんは娘たちを守ってください」

「合点承知之助だ」

本所育ちの後家人の倅が伝法《でんぽう》に請け合った。

谷間の木陰を利してわさび田に上がってきた吉奈の一味は、二手に分かれて娘たちを逃さないように接近していた。

磐音たちは斜面を下った。

きゃあっ！

ふいにわさび田に娘たちの悲鳴が上がった。

「なにをなさる！」

松五郎の声が響いた。

「松五郎、ようも娘を八人も隠していやがったな。親分が何度おめえに掛け合いをなさったと思ってるんだ。てめえはそのたんびに、三島に働きに行っただの、沼津に嫁に行っただのとぬかしやがったな。今日という今日は、ひとり残らず屋敷に連れていくぜ」

「お許しくだされ、よそ様の娘御も預かっております。親御どのと相談の上、知行所屋敷に参りますでな」

「おめえの言うことなんぞあてになるか」

と叫んだ兄貴分が、

「仙蔵《せんぞう》、娘たちの手に縄を打って腰縄をかけろ」

と命じた。

「啓次郎《けいじろう》兄貴、合点だ」

松五郎が仙蔵の前に突進するのを啓次郎が蹴《け》り飛ばした。

娘たちを囲み込んだ吉奈の手下たちが縄をかけようとした。

その仕事ぶりを武左衛門ら三人の浪人が監視していた。

「待った！　娘たちは蓑掛の幸助親分のものだ。てめえら吉奈の唐次郎なんぞの下で働かされてたまるか」

柳次郎の叫び声が響いた。

「蓑掛の野郎どもがわさび田まで出張ったか」

　啓次郎が長脇差を抜きながら、

「先生方、出番ですぜ！」

　と武左衛門らに命じた。

　いきなり闘争の場に駆り出された武左衛門の腰が一旦引きかけて、斜面を駆け下ってくる二人を見た。

（おかしな格好《なり》だが、坂崎さんと柳次郎ではないか）

　二人は蓑掛一味に加わったか。

（いや、おれと一緒だ。内部に潜り込んで攪乱《かくらん》しようとしているのだ）

　となれば、

「啓次郎どの、新参のそれがし、ひと働きいたしますぞ」

　とわざわざ宣言した武左衛門は、

「元伊勢・津《つ》藩藤堂《とうどう》家家臣にして丹石《たんせき》流皆伝竹村武左衛門が、蓑掛一味を退治してくれん！」

　と朗々と名乗りを上げ、剣を引き抜くと、磐音に大仰《おおぎょう》に斬りかかった。

　磐音はさっと躱《かわ》し、竹棒を武左衛門の斬り込みに合わせる格好を示して、

「おっ、なかなか手強《てごわ》い相手にござるな」

と呼応した。

武左衛門は、
えたり
と磐音のかたわらをすり抜けた。

残りの二人も武左衛門に釣られて、無造作に磐音に斬りかかっていった。

磐音の竹棒が一見ふわりという感じで舞い、
びしり
と一人目の首筋を叩き、さらに迅速の勢いで先端が二人目の鳩尾に突っ込まれた。

二人とも一気に倒れ込んだ。

磐音はさらに啓次郎ら子分に向かって飛び込んでいった。

その間に柳次郎も、

「これは手強い相手だ。竹棒では太刀打ちできぬわ」

と叫びつつ、剣を引き抜き、武左衛門とかたちばかり派手に斬り合う様子で、

「おのれ、猪口才《ちょこざい》な青二才め、それがしの秘剣、野嵐《のあらし》を受けてみよ！」

「さあ、参れ、吉奈の用心棒侍め！」

と口先ばかりが盛んな丁々発止を演じていた。

その間に磐音が啓次郎らを竹棒で叩き伏せて回った。

柳次郎が武左衛門に目で合図を送ると、

「手強いかな。これはしたり」

と後退するふりをみせた。

「啓次郎どの、ここは形勢が逆転じゃぞ、それがしが斬り結ぶ間に同輩二人を引きずっていかれよ！」

武左衛門は叫ぶと、さらに悲壮感の籠った声で、

「不運にも竹村武左衛門がわさび田の露と消えた暁には、武運拙《つたな》くも憤死したと吉奈の親分に伝えてくだされよ！」

と芝居がかりに続けた。

「旦那、頼んだぜ！」

啓次郎らは、気を失った二人の浪人を引っ張って、ほうほうの体でわさび田から引き下がっていった。

「柳次郎、どうだ、おれの奮戦ぶりは」

得意げな竹村武左衛門に、

「吉奈の唐次郎はなにを考えているんだ」

と柳次郎が訊いた。

「蓑掛の幸助がいないうちに一家を襲う気だぜ」

「となると今晩あたりか」

「あるいは明日の夜明けだな」

「旦那、あまり調子に乗ってただ酒を飲むんじゃないぜ」

と柳次郎が注意を与えた。

「頃合いかな。それがしも殿軍《しんがり》を率いて退陣せん！」

大音声に叫んだ武左衛門が剣を閃《ひらめ》かせつつ、わさび田から谷下へと走り消えた。

柳次郎と磐音は顔を見合わせて、溜息をついた。

「これでは村芝居にも劣りますね」

「なんだか安っぽくなりましたね」

磐音が振り向くと、松五郎は娘たちを背にかばって、

「一難去ってまた一難」

と怯えた顔をしてこちらを見ていた。

「松五郎どの、居候です」

磐音と柳次郎が盗人被りの手拭いを脱ぎ、わさび田の清流で顔を洗うと、

「あれまあ、うちの客人かねえ！」

と驚きの声を張り上げた。

「わさび田を見物に来たところ、偶然にも騒ぎにぶつかりましてね」

「それは助かった」

と答えた松五郎が、

「あの御仁は敵方につかれたか」

「あれも策のひとつです」

「なるほど」

と納得した松五郎が、

「おまえたち、危ないところを江戸の客人に助けていただいたんだ。礼を申し上げねえか」

と娘たちに言った。

「お侍さん、ありがとうございました」

「なあに、掛け声ばかりの田舎《いなか》芝居だ。礼を言われるほどのこともない」

と柳次郎が胸を張って、伊豆わさび田の戦は終わった。

四

磐音と柳次郎がわさび田を見物して修善寺に下ってきたのは昼下がりのことだ。すると里では騒ぎが始まろうとしていた。

二人が吉奈一家をわさび田で叩き伏せたことに怒った唐次郎が、喧嘩仕度で蓑掛一家のいる古屋敷に押し出す気配を見せていたのだ。

「のんびりしすぎましたかね」

「なあに出入りが始まったわけではない。やつらの喧嘩は軍鶏《しやも》の蹴り合い以下です。まずは遠くから喚き合い、それが結構長く続きますからね」

反省する磐音に、これまでもやくざの出入りに数多く助っ人で加わったことのある柳次郎が言い放った。だが、すぐに、

「いや、これは大変だ」

と発言を覆した。

知行所屋敷から竹槍を立てた二十余人が押し出し、桂川に沿った道を古屋敷に

向かう先頭には、なんと馬に乗った馬場儀一郎の姿があった。

「坂崎さん、どういうことですかね」

馬場老人の被った陣笠には、大久保家の家紋が入っていた。ということは、領主の名代で行列に加わっているということになる。

「吉奈の唐次郎め、大久保家を錦の御旗にして、蓑掛一家を押し潰す気とみえる」

「どっちに転んでも、やくざの喧嘩に加担したと代官所にとられたら、大久保家は取り潰されますよ」

「馬場様が自らの意思で加わったとは思えぬが」

「坂崎さん、取り潰しに斟酌《しんしゃく》などありません。大久保家が吉奈一家の旗印に利用されたことだけで十分なんです」

御家人の倅が言い張った。

吉奈一家の押し出しは古屋敷に陣取る蓑掛一家にもとうに伝わり、長柄の銛を構えた連中が川端まで出て、迎え撃つ態勢を取っていた。さらに道を塞ぐように、子分たちが稲架《はざ》などを並べて手早く障害物を作った。

親分の幸助は不在だったが、代貸《だいがし》が指揮してそれなりに迎撃する態勢だ。

吉奈の一行は、稲架の手前で進軍を停止させた。

両軍は半丁の間合いで睨み合った。

「下田湊の蓑掛一家よ、よく聞きやがれ！」

騎乗の馬場老人のかたわらから壮年の男が叫んだ。

羽織の下には唐桟《とうざん》の袷《あわせ》を粋に着込み、股引《ももひき》を穿《は》いた腰に袷の裾をきりりと折り込んで、黒鞘の長脇差を一本差し落としていた。

粋な格好は吉奈の唐次郎だろう。

「修善寺界隈を拝領地になさる大久保土佐守宇左衛門様御用人、馬場様のお出ましだ。魚臭い漁師上がりは早々に下田に引き上げろ！」

「なにをぬかしやがる。大久保様の御用人とやらの爺様は、馬の上で震えてるぜ。やい、唐次郎、どうせおめえが脅して連れてきたんだろうが、そんな話にゃ乗れねえぜ！」

蓑掛の代貸が叫び返した。

「言いやがったな。徒党を組んだ不逞の輩《やから》どもめ、叩き潰すぞ！」

「おう、来やがれ。鯨銛をどてっ腹に突き刺してくれるぞ！」

蓑掛一家が虚空に銛先を煌かせて威嚇した。するると吉奈一家も竹槍を突き出して応じた。

「品川さんの言うとおりだ。すぐにはぶつかり合うこともなさそうだ」

桂川河畔の道を見下ろす高台から望遠していた磐音が言い、

「ならばこの隙に、知行所屋敷に連れていかれた娘たちを助け出しますか」

と提案した。

「これだけ手勢を繰り出したのなら、屋敷には人数は残っていないでしょう」

二人は即座に話を決めると知行所屋敷へと走った。

だが、長屋門の前には竹槍を持った子分数人が見張りに立ち、なかなかの警備ぶりだ。

「意外と手勢を揃えていましたね」

二人は屋敷の裏手に回った。壊れかけた土塀の下を小川が流れ、裏戸は風に吹かれてぎいぎいと音を立てていた。

「なんだ、頭隠して尻隠さずの警戒ぶりだな。裏口は出入り放題だぞ」

それでも柳次郎は山から持参してきた竹棒の先で、風に吹かれる戸を押し開け、しばらく様子を見た。

「大丈夫のようだ」

二人は小川に架かる土橋を渡り、戸口から大久保家の知行所屋敷に侵入した。手入れの悪い竹藪が広がっていた。

その竹藪越しに母屋が見えて、他にも収穫物を収める納屋や蔵が何棟か北側に並んでいた。

二人は腰を低くして竹藪を進んだ。

納屋や蔵の表が見えてきた。

「坂崎さん、娘たちが囚《とら》われているとしたら、あの土蔵だ」

柳次郎が言うように、子分が二人鉄扉の前に立っていた。

「蔵の後ろに回ってみよう」

二人は竹藪を這うように進んで蔵の北側に回り込んだ。塀と蔵の間に幅一間ほどの余地があったが、そちら側に侵入口はなかった。

柳次郎が土蔵に耳をつけた。

「人の気配が確かにします」

ぼそぼそと話す声も聞こえてきた。

「この蔵とみて間違いないな」

「蔵の左右に分かれて踏み込みましょう」

「心得たり」

磐音の提案に柳次郎が即座に応じた。二人は竹棒を構え、蔵の左右の壁に分かれて進んだ。

磐音が壁の端から表口を覗こうとしたとき、柳次郎の声が響いた。

「見張り、ご苦労だな」

「なんだ、てめえは」

二人の見張りがうっかり柳次郎のほうを見て、磐音に背を向けた。

その瞬間、磐音は風のように動くと、見張りの子分の首筋を竹棒でびしりびしりと叩いた。

「あっ！」

と悲鳴を上げ、振り向く二人の鳩尾に竹棒の先端が突っ込まれて、腰砕けに転がった。

「二丁、上がり！」

と柳次郎が叫んだとき、磐音は蔵の中から殺到する殺気を感じて、咄嗟《とっさ》に、手にしていた竹棒をそちらに向かって投げた。

ばさり！

と手練《てだ》れを見せた一撃が竹棒を両断し、その間に磐音は間合いを外した。

蔵から飛び出したのは一人の浪人だ。

「蔵の中にも残っていやがったか」

柳次郎が叫ぶ。

飛び出した浪人は相手が二人にもかかわらず、悠然と剣を構え直した。

痩身《そうしん》の浪人が磐音に問うた。

「下田の漁師上がりに雇われたか」

「蓑掛一味ではありませぬ」

「敵方ではないと申すか」

「はい。われら、大久保家に雇われた者です」

「最初から泣き言ばかりぬかす爺《じじい》と思うておったが、用心棒を引き連れていたか」

浪人が剣を上段に置いた。

なかなかの遣《つか》い手だ。

磐音は包平を抜くと、するすると後退した。

その様子を見ても、相手はなんら表情さえ変えなかった。ただ、間合いを詰めてきた。

　二人は蔵の前の広い庭に出て、睨み合った。

「互いに金で雇われた身だが、縁あって命のやりとりをいたすことになった。わしは中条《ちゆうじよう》家流村山大膳太夫宗守《むらやまだいぜんだゆうむねもり》と申す。そのほうの流儀やいかに」

「坂崎磐音、直心影流をかじった者にございます」

　磐音は、中条家流が京都大番役弥藤次左衛門尉《おおばんやくやとうじざえもんのじよう》、のちに改名して中条出羽守判官頼平《でわのかみほうがんよりひら》が創始した刺撃の剣法、としか知らなかった。

　宝治《ほうじ》年間（一二四七〜四九）の昔のことだ。

　磐音は包平を正眼に構えた。

　その間に柳次郎が蔵の中を覗き込み、中に姿を消した。

　間合いは一間とない。

　すでに生死の間仕切りは越えていた。

　痩身の村山の双眸《そうぼう》が細まり、上段に構えられた剣がゆっくりと刺撃の構えに下りてきた。同時に、柄を握る両手が内側へと柔らかく絞り込まれていく。

　殺気が漲《みなぎ》り、村山が攻撃に移ろうとした瞬間、蔵の中で歓声が起こった。

　柳次郎が娘たちを助け出した喜びの声だろう。

「くそっ」
と小さく罵《ののし》り声を洩らした村山が、一旦拡散した集中を取り戻そうとした。
直刀とも思える反《そ》りの浅い剣が磐音の喉元に、
ぴたり
と付けられ、胸へと引き付けられた。
気配もなく、中条家流得意の刺撃が襲い来た。
ぐいっ
と襲い来た剣先が二段構えにさらに伸びて、磐音の喉へ迫らんとした瞬間、包平が、
ふわり
と刺撃の剣の鎬《しのぎ》に擦り合わされた。
村山は初めて必殺の刺撃を受け止められた上に、力を吸収されるという驚きを体験していた。
（なにくそっ）
擦り合わされた剣を引き剥《は》がそうとした。相手の剣に力が加わっているとも思えなかった。が、鳥黐《とりもち》に羽を絡め取られた小鳥のように身動きがつかなかった。

一転、村山大膳太夫は力で押し返すと見せてふいに力を抜いた。そうしておいて相手の剣から逃れ、磐音のかたわらをすり抜けようとした。

村山は間合いの外へ抜けたと思った。

だが、磐音はその行動を読みきったように包平を峰に返し、脇腹を強かに叩いていた。

「くうっ」

という奇声を洩らした村山は、つんのめるように転がり落ちて動かなくなった。

「ふーうっ」

と一つ息をついた磐音の背に人の気配がした。知行所屋敷に囚われていた娘たちがぞろぞろと姿を見せたのだ。

その数十六、七人であった。

「坂崎さん、沼田どのも蔵の中に幽閉されていましたよ」

治作が柳次郎と一緒に顔を見せた。

「坂崎様、御用人は大丈夫にございますか」

治作が心配した。

「品川さんの観測によると、出入りまでには間があるそうです」

と答えた磬音は、

「沼田どの、娘たちをどこぞ安全な場所に移そう。思い当たる場所はないですか」

「わさびの出荷場の二階ならば、この人数が隠れ潜むこともできます」

「案内してくだされ」

娘たちを引き連れた磬音と柳次郎は、治作の案内で再び裏口から知行所屋敷の外へと出た。

一行は夕暮れの道を走った。

出荷場は桂川が狩野川と合流する岸辺にあった。

磬音と柳次郎は娘たちと治作をその場に残して、再び対決の場へと引き返した。

闇が迫る両派の陣地では盛大に篝火が焚かれ、相変わらず稲架を挟んで、威圧の叫び声を繰り返していた。

「これじゃあ、話にならんな」

柳次郎が呆れ顔で呟いた。

「なんぞひと工夫しなければなりませんね」

磬音と柳次郎は額を突き合わせて相談した後、松五郎の家に走り戻った。

四半刻（三十分）後、二人は両派が睨み合う桂川河畔の対岸に戻ってきた。その手には、油を染み込ませた布切れを竹槍の先に巻き付けたものが六本ほど携えられていた。

「まずは人数の多い吉奈一家を攻めてみますか」

磐音の言葉に、柳次郎が一本目の火槍の先端に種火の火を移した。

ぱあっ
と燃え上がった火槍を担いだ磐音が、対岸の吉奈陣営に向かって投げた。

薄闇に円弧を描いた火槍が吉奈の人の輪に落下した。

「夜襲を掛けてきやがったぞ！」

「出入りが始まるぞ！」

立ち騒ぐ陣地に次から次へと四本の火槍を投げ込んだ。

「御用人、馬に乗ってくだせえ」

「それがしは、そなたらの言いなりになりとうはない」

「この期《ご》に及んで御託を並べるかねえ」

馬場老人と唐次郎の会話が流れを越えて聞こえてきた。

押し問答の末に、馬場老人が強引に馬の鞍《くら》に押し上げられた。

「野郎ども、突っ込むぞ！」

吉奈の唐次郎一家が稲架を迂回《うかい》して、蓑掛の幸助一家が陣取る古屋敷を目指して襲いかかろうとした。

「鯨銛を投げ込め！」

幸助一家の代貸の命で夜空に鯨銛が投げられた。

「ひえっ！」

「やられたっ！」

悲鳴が上がり、馬場老人を乗せた馬も暴れ回って、鞍に必死でしがみついているのが見えた。

「馬場様を助けねば、われらの役目が果たせませぬな」

「ならば対岸へと押し渡りますか」

磐音と柳次郎は残った竹槍を一本ずつ手にして、桂川の流れに架けられた丸木橋を渡った。

土手を上がると両派がぶつかり合ったところだった。

「それ、押せ。蓑掛の幸助がいねえうちに一家を叩き潰せ！」

吉奈の唐次郎が長脇差を煌かせて、味方を鼓舞し、勢いにまかせて押し込んでいた。

親分不在の蓑掛一家はなんとか踏み止まろうとしていた。だが、頭《かしら》がいない弱みを大久保家の御用人を旗頭にした吉奈一家が攻め立てて攻勢をとっていた。また
その戦いの只中に、馬場老人を乗せた馬が右往左往しているのも見えた。

竹村武左衛門が声ばかりを張り上げながら戦いには加わろうとしない姿も見えた。

「乱戦の最中に、なんとか馬場様を救け出したいものですね」

と磐音と頃合いを見ていたとき、ふいに蓑掛一家から歓声が湧き起こった。

「吉奈の唐次郎。蓑掛の幸助が助っ人を連れて戻ってきたぜ。おめえらの好き勝手にさせるものか！」

乱戦の中に嗄《しわが》れ声が響いて、でっぷり太った男が、

「それっ、鯨銛を打ち込め！」

と新手に命を下した。

虚空に銛が舞い、押し込んでいた吉奈の唐次郎一家の只中に何本もの銛が落ちていった。

げえっ！

鯨銛に貫かれた子分の絶叫が響き渡り、一瞬にして攻守所を変えた。

「坂崎さん、馬場様の馬がさらに大暴れしてますよ」

「よし、行こう」

二人は鯨銛の飛来する隙をついて乱戦の中に走り込んだ。

「手綱をそっと引け、鎮めよ！」

「なんとかできぬのか」

老人は悲鳴を上げ続けていた。

磐音が、手綱を引く吉奈一家の若い子分から手綱を奪い取ると、

「馬場様、ご安心を」

と柳次郎が老人に声をかけた。

手綱をとっていた子分は、助かったという顔で出入りの場から逃げ出していった。

顔面蒼白《そうはく》で鞍にしがみつく老人が、

「柳次郎か。そなたら、一体どうしておった。遅いではないか」

と喚いた。

「この出入りはすべてわれらの仕込み。深慮遠謀にございますぞ、馬場様」

柳次郎が胸を張った。

二人が馬の両側を固めて、桂川の土手へと引き下がろうとしたとき、

「待て！」

　磐音たちの前に立ち塞がった剣客がいた。

　六尺余の身丈に三十貫はあろうかという巨漢だ。

「双方を焚き付けて出入りをさせたはそのほうらだな」

「どなたですかな」

　磐音が訊いた。

「吉奈一家の軍師にして三徳《みとく》流免許皆伝長久保《ながくぼ》一円武智《いちえんたけとも》である」

「それがし、大久保家雇い人坂崎磐音にございます」

「同じく品川柳次郎」

　と二人が応じた。

「唐次郎親分、謀《はか》られたぞ！」

　と長久保が大声を上げた。

　巨漢の声が出入りの場に響き渡り、両派が戦いを一瞬止めた。

「蓑掛の幸助もよく聞け。われら両派をあれこれと焚き付け、喧嘩を始めさせたのは、大久保家の雇い人二人だ」

「なんだと！」

「どういうことだ！」

唐次郎と幸助が口々に言った。

「どうもこうもない。この二人が描いた筋書きにわれらは踊らされているのだ」

長久保の言葉に両派は喧嘩の経緯を忘れ、怒りと憎しみを磐音と柳次郎に向けた。

「待て待て！」

ようやく平静を取り戻した馬場儀一郎が、

「この地はわが大久保家の知行所である。吉奈の唐次郎も蓑掛の幸助も関わりなき地なれば、双方黙って引き上げよ。以後、立ち入ることを許さぬ！」

「爺さん、冗談はなしだ。これだけの戦をやらかしておいて手を引けだと。そんなことができるか！」

唐次郎が喚いた。

「おおっ、こっちだってわざわざ下田湊から出張ってきたんだ。唐次郎に代わって立派な賭場にしてやるぜ」

「双方、勝手は許さぬ」

馬場老人が叫んだ。

「長久保先生、二人を叩っ斬ってくんな。蓑掛との決着はそれからだ」

「よかろう」

長久保一円がぐいっと出てきた。

馬場老人を乗せた馬を囲むように両派が陣を引いて、大きな人の輪を作った。

輪の中にいるのは人馬の三人と長久保だけだ。

磐音は手綱を柳次郎に渡した。

不安そうな顔の柳次郎が、

「両派を潰し合わせるつもりが、両派を敵に回した格好になりましたね」

と嘆息した。

「なにごとも計算どおりにはいかぬものです」

と友に笑いかけた磐音は長久保の前に進んで、

「お相手いたす」

と三徳流の免許皆伝と名乗った剣客に向き合った。

「青二才、参れ！」

磐音は挑発に応じようとはせず、備前包平を抜いた。そして、この騒ぎを鎮めるには方策が一つしかないことを覚悟した。
「お相手つかまつる」
長久保一円が豪剣を高々と頭上に持ち上げるように構えた。
磐音もまた包平を同じように虚空に突き上げるように立てた。
おおおっ！
というどよめきが戦いの輪から上がった。
両者は一撃で相手の命を絶つ構えを見せ合ったのだ。
間合いは一間半。
双方が踏み出せば直ちに死地に至る間合いだ。
「おおおうっ！」
怒号のような気合いを自らにかけた長久保一円の顔がどす黒く変わった。
磐音は古《いにしえ》の森に根を下ろした古木のように、ひっそりと立っていた。
「おりゃあ！」
長久保一円が走った。
だが、磐音は動かない。
一気に間合いが切られ、長久保の弾《はず》む息が眼前に聞こえ、磐音の視界を覆った。

両者はほぼ同時に、虚空に突き上げた剣を振り下ろした。
重い鉈《なた》の振り下ろしに一条の光と化した包平。
生死を分けたのは腰の据わった磐音の斬撃《ざんげき》だった。
無音の斬り込みが長久保一円の眉間に吸い込まれ、長久保の巨体に衝撃が走って硬直した。直後、
とととっ
と長久保一円が後退した。すると真っ二つに斬り割られた眉間から血飛沫《ちしぶき》が、
ぱあっ
と飛んで、
どどーん
と後ろ向きに倒れ込んだ。
巨象が倒れたような地響きが轟《とどろ》いた。
戦いの場を囲んだ輪からは森閑として声も上がらなかった。
慄然《りつぜん》たる恐怖だけがあった。
血振りをした磐音がゆっくりと視線を巡らした。
「ご両派に申し上げる。長久保どのの仇《あだ》を討たれたき御仁は、この場で名乗られ

よ」

だれも答えない。

血に濡《ぬ》れた包平が回された。大帽子《きつさき》が吉奈の唐次郎から蓑掛の幸助へとゆっくり向けられる。

「二人の親分に物申す。大久保家の知行地から直ちに退去なされよ。異論あらば、それがしがこの場にて応対いたす」

度肝を抜かれた二人からはなんの言葉も返ってこなかった。

「返答なきは承諾の証《あかし》、立ち去るがよい！」

磐音の凜然とした声が騒ぎの終結を告げ、両派がぞろぞろと戦いの場から消えていった。

第四章　寒月夜鐘ヶ淵

一

坂崎磐音は宮戸川の鰻割きの仕事からいつものように六間湯に立ち寄り、旅の垢《あか》と鰻の生臭さを丁寧に洗い流して、湯に浸かった。

磐音、品川柳次郎、竹村武左衛門の三人は、旗本三千石の知行地から吉奈の唐次郎と蓑掛の幸助の両派が引き上げたのを確かめて、修善寺を発った。

御用人の馬場儀一郎老人と若党の沼田治作は、知行所屋敷の立て直しのために数日残るという。磐音らもそれまで一緒に滞在するよう請われたが、磐音は江戸のことが気になり、辞退した。もはや両派が修善寺に手を出すことはあるまいとの推測も立っていたからだ。

修善寺から江戸まで三日間の旅であった。

武左衛門は、

「仕事も無事に終わったのだ。箱根か熱海の湯でのんびりしようではないか」

と何度も二人に誘いかけたが、

「竹村の旦那、一日一分の日当が二両、それに褒賞金が三両、湯なんぞに入ってのんびりしてみろ。家に持って帰る金子がなくなるぞ」

と柳次郎が申し出を拒んだ。

武左衛門には妻と子の五人が南割下水の半欠け長屋で腹を空かして待っているのだ。

「おれの妻子のことなど断りの理由にするな。ひと仕事の後の休養は男子の本懐だぞ」

「いや、旦那はとことん酒を飲まねば納得せぬ性分。食売女《めしもりおんな》のいる湯宿なんぞ立ち寄れるか」

と柳次郎に相手にされず、ひたすら江戸を目指して戻ってきた。最後の程ヶ谷《ほどや》
(保土ヶ谷)宿で武左衛門が、

「旅の名残りの酒くらいたらふく飲ませろ」

と言い出し、ついそれを磐音と柳次郎が許したのが仇《あだ》になって、程ヶ谷を出立したのは六つ半（午前七時）を過ぎていた。

その上、二日酔いの武左衛門の足取りはのろく、品川の大木戸を潜《くぐ》ったのが五つ（午後八時）過ぎだった。

今津屋にも立ち寄らず両国橋を渡った三人は、

「よい旅をさせてもらいました、品川さん」

「柳次郎、おれは不満だぞ」

「旦那に付き合っていたら、江戸に帰りついたかどうか」

と友ならではの遠慮のない言葉を交わし、東詰で二手に分かれたのだ。

馴染みの湯に浸かっていると自分の町内に戻ってきた喜びを感じる。

（深川暮らしも何年になるか）

六間湯を出た磐音は、顔を火照《ほて》らせて猿子橋を渡った。

金兵衛長屋の路地を曲がると、金兵衛自慢の梅の木が今を盛りと馨《かぐわ》しい花を咲かせ、その下でどてらの金兵衛や長屋の女たちが魚屋の板台を囲んで、わいわいがやがやと魚を選んでいた。

「大家どの、皆さん、留守の間、世話をかけました」

磐音がのんびりした声をかけると、

「おおっ、無事に帰られたか」

と金兵衛が笑い、

「長屋はさしあたって平穏無事、猫の子一匹生まれる騒ぎもございませんよ」

「それはなにより」

と答えながら磐音は板台の中を覗いた。

春鰯《いわし》やさよりが美しく銀鱗《ぎんりん》を輝かせていた。

「魚屋どの、刺身で食べられるかな」

磐音の言葉に長屋を主に回る魚寅《うおとら》が、

「旦那、房総から早船で運ばれてきた魚だ。頭ごと生で食べられるぜ」

「いや、けちをつけたわけではない。暫時、お待ちを」

磐音は溝板《どぶいた》を踏んで自分の長屋に戻ると、修善寺から肩に担いできた品を持って出てきた。

「なんだい、土ん中から掘り起こしたような根っこはさ」

とおたねが、磐音の抱えたものを不審そうに見た。

「おたねさん、おめえが知らねえのも不思議はねえが、この旦那が手にしているのは、行くところに行くと何両もしようという代物だ。伊豆の沢わさびと見たがどうだい」

「さすがは魚寅どのじゃ、伊豆は天城産のわさびです。造りに擂《す》りおろしたわさびを添えて食べると絶品だそうな」

「これが献上品のわさびかえ」

金兵衛も珍しそうに一本を手にして匂いを嗅《か》いだりした。

磐音たちが先に江戸に戻ると知った松五郎が、娘たちを助け、両派のやくざどもを村から追い出してくれたお礼に、

「江戸への土産《みやげ》にしてください」

と竹籠に入れたわさびをそれぞれにくれたのだ。

磐音たちは杉の葉を敷いた上に並べられたわさびの竹籠をそれぞれ背負って江戸まで戻ってきたのだ。

磐音はまず宮戸川の鉄五郎親方に五本ほど渡した。鉄五郎はさすが調理人で、わさびのことはよく承知しており、

「こいつは貴重な品だ。なんぞ鰻と工夫ができないものかねえ」

と嬉しそうに受け取ってくれた。

「金兵衛さん、折角だぜ。おれがさよりを刺身にするからさ、旦那のわさびを擂りおろして賞味しようじゃねえか。だれかおろし金を持たないか」

魚寅が言い出し、

「それならうちにあるよ」

と通いの植木職人徳三の女房おいちが長屋に駆け込んだ。

魚寅が手際よくさよりを捌《さば》き、わさびをおろし金で擂りおろして、

「さすがは伊豆の沢わさびだねえ。梅の木の下でもつーんとよ、鼻につくぜ」

目も鮮やかな薄緑のわさびが皿に盛られて、

「年の功だ。金兵衛さん、最初に食べねえな」

と魚寅が差し出した。

「年寄りの役得、先に頂戴するか」

とさよりにわさびをつけ、口に放り込んだ金兵衛が、

「ほうほう、香りがなんともいえないね。いや、これは鼻につーんときて辛いぞ。美味くて辛いぞ」

「大家さん、辛いのかえ、美味いのかえ」

百面相のように変わる大家の顔を見ていたおたねたちが、

「なにはともあれ、食べてみるかね」

と口にした。

「わあっ、辛い大根のようだよ。いや、大根とは違うよ。あたしゃ、味わったこともないよ」

と新たな騒ぎが始まった。

磐音も、房総で獲《と》れたというさよりにわさび醬油をつけて食してみた。

春の海の恵みと沢わさびの香りが口の中で絶妙に溶け合って、さよりの味が一段と美味さを増した感じだ。

「これは美味い」

「確かに辛いが、嫌味のない辛さだ。これが将軍家の献上品の香りかねえ」

「旦那、こりゃ、男衆が酒の肴にするには絶好の添え物だよ」

「おたねさん、魚より高い沢わさびが、そうそうおれたちの口に入るもんかね」

魚寅が笑った。

「大家どの、皆に一本当てはあろう。魚寅どのも刺身の造り賃だ」

磐音は金兵衛から女たち、それに魚寅にわさびを分けた。

「旦那、うちのが夕方、大騒ぎするよ」

「魚寅さん、うちにもさよりをおくれな」

わさびのせいで、魚寅の魚は金兵衛長屋で売り切れる騒ぎになった。

「旦那、わさびを貰った上に売り上げの手伝いまでしてくれてありがとうよ」

「なんの、貰い物でな」

磐音は長屋に戻ると、残ったわさびの竹籠の杉の葉を敷き直し、提げやすいよう結んで外出の仕度をした。とはいえ、着流しの腰に大小を差しただけのことだ。

わさびは竹籠に二十余本もあったか。

魚寅に言われて分かったが、江戸で小売りされるわさびには高価な値がついているらしい。

残ったわさび八本ほどを手に磐音は今津屋の店先に立った。

「おや、帰ってこられましたな」

老分の由蔵が早速声をかけてきた。

昼前の刻限、今津屋に客は少なかった。とはいえ、いつもの混雑に比べてのことだ。筆頭支配人の林蔵らは客の接待に大童《おおわらわ》だ。

由蔵は早速帳場格子から立ち上がり、磐音を台所に誘った。

広い台所では大勢の奉公人の昼餉の仕度に追われていた。

「あら、戻ってきたの」

主の吉右衛門の膳を用意していたおこんが、磐音の顔を見て微笑《ほほえ》んだ。

「昨夜、遅く江戸入りしたので、こちらには寄らずに長屋に戻りました」

そう言った磐音が最後に残ったわさびを、

「土産にござる」

と差し出した。

「なにかしら」

と竹籠の紐を切ったおこんが、

「老分さん、大変。伊豆のわさびが何本も届いたわ」

「おおっ、これは美しいかたちと色合いですぞ。わさび田の光景が目に浮かぶようですな」

さすがに由蔵もおこんも、最近市場に出回るようになったわさびのことを承知していた。

「湯から長屋に戻ると魚寅どのが店開きの最中で、そこで早速さよりにわさびをつけて食しましたが、なかなかの絶品でした」

「金兵衛長屋ですでに食されたか。さぞや大騒ぎでしたろうな」

由蔵がわさびを手に笑った。

「伊豆から届いた貴重な味だから、夕餉になにか工夫しなくちゃ」

おこんが言い、

「昼餉はまだでしょう。一緒に食べていらっしゃい」

と磐音をいつもの席に座らせた。

「老分どの、関前藩の連中は顔を見せませんか」

「別府様に結城様ですな。三日に上げず顔を出されまして、坂崎様は未だお帰りにならないかと訊いていかれます。いえ、藩からなんぞ言ってきたというわけではないようです。佐々木道場の稽古の帰りにわざわざ遠回りなされて、店に立ち寄られます」

「それはご迷惑でしたな」

「なんの、熱心でよろしい。お二人は若狭屋さんにも寄られて、国許から連絡《つなぎ》がないことを報告されていかれるそうです」

と由蔵が苦笑いした。

「今度、顔を出したら、江戸に戻っていると伝えてください」

「明日にも見えられますよ」

　その日の今津屋の昼餉は、具だくさんの煮込みうどん、飯蛸《いいだこ》を炊き込んだご飯に菜の花の塩漬けだった。

　急に磐音が無口になった。煮込みうどんを啜る磐音の表情は童子そのものだ。こうなるともはや誰が話しかけても無駄だった。

「なんてお侍なの」

　おこんが無心に食べる磐音を呆れ顔で見つめて呟く。

　丼《どんぶり》一杯の煮込みうどんと飯蛸ご飯を二杯食べて、磐音は満腹した。

「老分どの、おこんさん、中川さんの事が気になるゆえ小浜藩に伺って参ります」

　頷いたおこんが、

「帰りに寄って。わさびに見合う魚を購《あがな》っておくから」

　と言って、磐音を店から送り出した。

　満腹の腹を抱え、磐音は神田川沿いの柳原土手の古着の露店などを見物しながら、昌平橋まで上がっていった。

　顔見知りの門番に、中川淳庵に会いたい旨を伝えると玄関口まで通され、そこでしばらく待たされた。出てきたのは若い医師だった。

「坂崎磐音と申しますが、中川どのはお留守にございますか」

「坂崎さんのお名前は中川先生よりお聞きしています。それがし、見習い医師の北村南哺《きたむらなんぽ》と申します」

と丁寧に頭を下げて自己紹介した。

「中川先生は今朝方より前野良沢《まえのりようたく》先生の使いを受けて、長崎屋に参られました」

「長崎の阿蘭陀《カピタン》商館長一行の江戸参府の件ですか」

「そうなのです。おそらく来月の中頃には、商館長のフェイト、書記官のケーレル、植物学者にして医師のツュンベリー一行が江戸入りされます。その打ち合わせにございましょう」

「ならばお伝えください。坂崎磐音、江戸に戻りましたゆえ、なんなりと御用をお命じくださいとな。両替商の今津屋に連絡《つなぎ》をいただければすぐさま駆けつけます」

「米沢町の今津屋さんですね。承知しました」

磐音は北村南哺に別れを告げて小浜藩の江戸藩邸を出た。

関前藩の藩邸はすぐ近くで、別府伝之丈や結城秦之助がいた。だが、過日の一件があった以上、顔出しはできなかった。

少しばかり寂しい思いを抱えながら神田川の土手に出たが、ふと思い付いて神保小路へと足を向け直した。

佐々木玲圓道場を訪ねて、玲圓に鏡開き以来の挨拶をしておこうと考えたのだ。

昼下がりの刻限だ。道場では稽古もしておるまいと思ったが、住み込みの師範本多鐘四郎ら高弟が中心になって、型稽古を行っていた。

見所《けんぞ》には、玲圓に御側衆の速水左近、御小姓組の赤井《あかい》主水正《もんどのしょう》がいて、高弟たちの稽古を見物していた。

「磐音か、よいところに顔を出したな」

玲圓が言いかけ、磐音を見所下まで手招きした。

磐音は板の間に座すとまず師匠と速水に挨拶し、赤井に視線を向け直すと、

「赤井様、いつぞやは両国橋にてお心遣いをいただき、まことにありがとうございました」

「坂崎どのが佐々木先生の弟子であったとは奇遇じゃ。城中で速水様にお話しして分かったことでな」

と家治の近習《きんじゅ》が笑いかけた。

佐々木玲圓道場の高名を叩き潰さんと赤鞘《あかざや》組の曽我《そが》部下総守俊道《べしもうさのかみとしみち》と一統が押しかけてきたことがあった。偶然にも居合わせた磐音が一統の亀山内記《かめやまないき》と対戦し、打ち破ったことがある。

後日、恨みに思った曽我部らが両国橋上に待ち受け、磐音に真剣勝負を挑んだのだ。

そこへ通りかかったのが御小姓組赤井主水正主従だ。赤井は二人の戦いの行方を見届けた上に、後日なんぞあれば、それがしが立会人として何処《いずこ》へなりとも出向こう、と申し出てくれたのだ。

「磐音、稽古着に着替えて、汗を流して参れ」

師匠の言葉に早速控えの間に下がった磐音は、仕度を整えた。

袋竹刀を手に道場に立つと、ぴりりと気が引き締まった。

それは真剣勝負の緊張とはまったく異なるもので、身に清々しさを感じた。

「磐音、久しぶりじゃな、それがしの相手をいたせ」

本多鐘四郎が磐音の相手をまずしてくれた。

型稽古をしていた高弟たちもそれに刺激を受けたか、打ち込み稽古を始めた。

磐音らは時の経《た》つのを忘れて、対戦相手を替えては竹刀を振るい続けた。

七つ半（午後五時）の刻限、ようやく稽古が終わった。

「坂崎どの、今日はちと用事がござってな、屋敷に戻らねばならぬが、次の機会には剣談義をしたいものじゃな」

と赤井と速水が道場を引き上げていき、磐音たちは井戸端に行って汗を拭《ふ》き取りながら、しばし談笑した。

玲圓が、

「夕餉を食していかぬか」

と誘ってくれたが、今津屋に先約があった。

「残念でございますが、次の機会の楽しみにいたします」

と言葉を残して、神保小路から米沢町の今津屋へと急いだ。

その道中で暮れ六つ（午後六時）の時鐘を聞いた。

店は最後の賑わいを見せていた。

由蔵に目顔で挨拶して、台所に行った。するとおこんが、

「遅かったわねえ」

「中川さんには会えなかったが、佐々木道場に立ち寄ったら、びっしりと稽古につき合わされました。お腹がぺこぺこです」

「お店が終わるのを楽しみにしていなさいな」

おこんが悪戯《いたずら》っぽく笑った。

「美味しい魚を仕入れたのじゃな」

「それもあるけど、思いがけないところからお届けものよ」

「なにかな」

「旦那様が伊豆の旅話をお聞きになりたいそうよ。今、お茶を届けるから、奥へ行ってお相手していて」

とおこんに命じられ、磐音は吉右衛門が帳簿を調べる奥座敷に顔を出した。

「ご無沙汰《ぶさた》しております」

「昨日、帰られたそうな」

「仕事の邪魔にはなりませぬか」

「肩の凝る訪問客ばかり四組も五組も相手しますと、頭の中がぐずぐずいたします。帳簿を開いてみましたが、数字がなかなか頭に入りません」

と苦笑いした。

「どうでしたか、旗本家の知行所は」

「それが何処も大変なようです」

磐音は当たり障《さわ》りのないところを吉右衛門に告げた。

「坂崎様の行かれるところ、相変わらず嵐が吹き荒んでおりますな」

「それがしが望んだわけでもございませんが、どうしたわけかこうなります」

「大久保様も、さぞほっとなされたことでしょう」

そこへ由蔵とおこんが入ってきた。

「旦那様、ただ今、店仕舞いをしまして帳簿の整理に入っております」

と由蔵が報告し、おこんが、

「お茶をと思ったのだけど、お腹を空かした方もおられますので膳を運ぶことにしました」

と言った。

「なんでも坂崎様がお持ち帰りになったわさびで、新奇な料理ができたそうな」

おこんから聞いていたのか、吉右衛門が言い出した。

「先ほど、宮戸川の鉄五郎親方が猪牙舟《ちょき》で見えて、わさびに合わないかと鰻を工夫しましたからご賞味くださいと、届けられたのです」

「親方がわざわざ参られましたか」

という磐音におこんが答えた。

「坂崎さんがこちらに向かったらしいと、どてらの金兵衛さんから聞いたらしいの」

そこへ勝手女中のおつねたちが膳を三つ運んできた。

鯛の造りなどが並べられた膳の中央に鰻の白焼きがあって、かたわらに擂りおろしたわさびが盛られていた。

「ほう、鰻の白焼きをわさびで食する趣向ですか。これは初めてですね」

茶屋料理を知り尽くした吉右衛門が感心して、

「彩りも悪くない」

と言い添えた。

「白焼きは軽く酒を振って焼き直してございます。温かいうちに召し上がってください」

おこんの言葉に三人は、酒を飲む前に鉄五郎親方の新工夫の料理に箸をつけた。

「これは美味ですぞ！」

吉右衛門が驚きの声を上げた。

「鰻の蒲焼も美味しいが、どこかしつこい。反対に白焼きだけでは物足りない。ところが白焼きに伊豆のわさびが加わると、料理がぴりりと引き締まりました」

磐音も鰻に別の味が加わったと思った。

「坂崎様、宮戸川さんに名物が一品加わりそうですな」

「となると朝の仕事が増えますな」

由蔵が言い、

「それは困った」

と吉右衛門が応じて、一座に笑いが起こった。

二

磐音が今津屋の通用口から外に出ようとすると人影が立っていた。その影が、

「坂崎さん、よかった」

と叫んだ。

磐音が背から洩れくる光に相手を確かめると、小浜藩の見習い医師北村南哺だった。

「どうなされた」

磐音は嫌な予感に囚われながら訊き返した。

「淳庵先生が」

という声が震えていた。

「坂崎さん、中に入ってもらったら」

見送りに出ていたおこんが言い、磐音は南哺を今津屋に誘い入れた。そこにはおこんのほかに由蔵がいた。

「中川さんがどうかなされたか」

「先ほど淳庵先生は前野良沢先生のお誘いで長崎屋に行かれたと申し上げましたが、どうもたれぞに騙《かた》られて連れ出されたようです」

南哺の声が上ずっていた。

「落ち着いて、騙られたと申される経緯《いきさつ》を話してください」

磐音のかたわらからおこんが台所へ立つのが見えた。

「つい最前のことです。杉田《すぎた》玄白《げんぱく》先生が藩邸に戻ってこられました」

『解体新書』を翻訳した仲間の杉田玄白もまた小浜藩士の家系だ。淳庵より六歳上の先輩蘭医であった。

「玄白先生が淳庵先生はどこかと訊かれましたので、良沢先生のお誘いで長崎屋に行かれたと申し上げましたところ、『おかしいな。私は今まで良沢どのとご一緒していたが……』と驚かれました。そこで良沢先生からお使いがあったことと、来月に迫った長崎からのツュンベリー医師の江戸入りの一件だと申し上げました」

「それを聞いて玄白先生はどう答えられたな」

「この日に長崎奉行を通して東インド会社から、ツュンベリーの来日が延期されたことが通告されたばかりだそうです。その話を聞かされて、良沢先生と事後の打ち合わせで遅くなったところだと、玄白先生は申されました」

長崎奉行は、長崎に赴任する者と江戸に控える者の二人制で、隔年交替した。

「今朝方のお使いは、はっきりと良沢先生からの使いと申されたのですね」

「はい、私が取り次ぎましたのでよく覚えています。ツュンベリーの江戸参府のことで至急、相談したきことがある、長崎屋で良沢先生が待たれていると言われました。今考えれば玄白先生が出かけられたことを見計らって来た様子。私はそのとき、玄白先生が良沢先生と一緒に長崎奉行支配下の御用人と会っておられることなど知らなかったのです」

「外出なされた玄白先生はお一人でしたか」

「いえ、奇怪な連中が付き纏《まと》うというので、藩の駕籠を利用され、若い藩士が何人か随行しました」

「中川さんにはいかがかな」

「お使いの方と同行されましたゆえ、お一人で」

淳庵が敵の姦計《かんけい》に落ちたことを磐音も認めざるを得なかった。

「われらもお使いを本物と信じておりましたので、つい淳庵先生を一人でお出ししました」

「経緯は分かりました」

と答えたとき、おこんが熱い茶を盆に載せて運んできた。そして、上がりかまちに置くと、座布団を三枚敷いた。

「どうぞお座りください」

磐音は南哺を上がりかまちに座らせ、自らも腰を下ろした。

「淳庵先生は悪い奴《やつ》らの手に落ちたようですな」

由蔵が念を押した。

「間違いございますまい」

磐音が答え、

「勾引《かどわか》した一味と首魁《しゅかい》の正体は割れています。ここはじっくりと落ち着くしかない」

「なんだ、悪い連中の正体は知れているのね」

とおこんが訊いた。

裏本願寺別院奇徳寺血覚上人一統を操る、

「鐘ヶ淵のお屋形様」

の正体は、元遠江横須賀藩三万五千石の譜代大名にして、御奏者番を務めた西尾幻楽であった。

このことを磐音は、南町奉行所の年番方与力笹塚孫一から聞かされていた。だが、だれにも話していない。

「名は申し上げられぬが分かっています。間違いなくその者の命を受けた連中の仕業にございましょう」

と茶碗を取り上げて茶を喫した磐音は、

「まず北村どのはお屋敷にお戻りください。それがしがお供します」

「一人で戻れます」

「いいえ、中川さんに手を出した連中だ。新たに北村どのを勾引さぬとも限りません」

ときっぱりと答えた磐音は、

「その後、それがしは南町の笹塚様を訪ねます」

と告げた。

「この一件、南町の知恵者与力が嚙んでいる話なのね」

「そういうことです」

と答えた磐音に南哺が、

「玄白先生も心配しておられます。なんと申し上げればよろしゅうございますか」

「北村どの、皆さん方を目の敵にする一味の正体は割れております。今宵から早速手配に取りかかり、中川さんの行方を突き止めますゆえ、しばらく時間《とき》をいただきたいと、玄白先生には申し上げてください」

小浜藩が表に立つと騒ぎが大きくなることを磐音は懸念した。

「承知しました」

北村南哺の顔が少しだけ落ち着きを取り戻して立ち上がった。

「坂崎様、提灯をお持ちなさい」

由蔵が手際よく今津屋の名入りの提灯に火を点して渡してくれた。

「お借りします」

「お二人とも、気をつけて」

おこんの言葉に見送られて磐音と南畝は店の表に出た。

磐音はこの日、昌平坂を二度往復することになった。

二人は黙々と柳原土手を上がり、磐音は若狭小浜藩の江戸藩邸まで北村南畝を送り届けた。

「急ぎの用事があれば、今津屋に連絡ください。すぐにそれがしへ伝わりますゆえ」

と最後に南畝に言い残した。

一人になった磐音は、提灯の灯りを頼りに筋違橋《すじかいばし》御門から須田町の通りへ入り、十軒店本石町《ほんごくちょう》を抜けて一気に日本橋に下った。橋を渡りながら、南町奉行所へ行くか、八丁堀の役宅か迷った。

刻限は四つ前（午後十時）だろう。

（よし）

と心の中で合点した磐音は数寄屋橋を目指した。

南町奉行所は御城を背景に黒々とした長屋門を聳《そび》えさせていた。

「夜分申し訳ございませぬが、笹塚様は未だ奉行所におられますか」

と門番に訊いた。

「年番方が奉行所を出られた様子はないな」

と同僚と言い合った門番が中へと取り次いでくれた。しばらく門前に待っているとと定廻り同心の木下一郎太が顔を見せた。

「坂崎さんがかような刻限に姿を見せられるとは異変ですか」

頷く磐音に、

「こちらも、先ほどしみったれたちぼ一味の捕り物を終えたところです」

と遅くまで奉行所にいる理由を一郎太が説明した。

「好都合でした」

即座に笹塚の御用部屋に通された。

「そなた、いつ伊豆から戻った」

笹塚が無精髭《ぶしょうひげ》の伸びた顔を向けた。

「昨夜です」

「それでもうご活躍とみえるな」

笹塚に訊かれて、江戸に帰りついてたったの一日が過ぎただけかと改めて思った。

　長い一日はまだ終わりそうにない。

　磐音が中川淳庵の勾引を告げた。すると笹塚孫一が、

「鐘ヶ淵の隠居め、おとなしくしていればよいものを」

　と大きく舌打ちした。そして、しばし瞑想《めいそう》した後、

「この一件は本来町方の出る幕ではない。だが、これまでの経緯もある。お奉行も承知だ。その上、そなたの友が勾引されたとあっては、動かぬわけにもいくまいな」

　と磐音に恩を着せるように言った。

「坂崎、お屋形は、長崎奉行の周辺にも人を配しておるぞ。ツュンベリー医師の動静に敏感すぎるわ」

「そのことにございます」

　磐音も気にかかっていたことだ。

　ツュンベリー医師の江戸参府延期は杉田玄白、前野良沢ですら今日知ったことだ。それを西尾幻楽らはすでに承知して淳庵勾引に利用していた。

「一郎太、船を出して鐘ヶ淵の様子を見てこい」

「それがしも参ります」

「手出しは無用だぞ。相手は隠居とはいえ、譜代大名にして御奏者番だった御仁だからな」

笹塚孫一に注意を与えられて、二人は立ち上がった。

磐音は明日の宮戸川の仕事に差し障らねばよいがと思案しながら、御用部屋を出ようとした。すると笹塚が、

「明朝の仕事なれば、宮戸川には断りを入れておく」

と磐音の胸の裡《うち》を覗いたように言った。


御用船が大川に出ると冷たい風が吹きつけてきた。

春は名のみで筑波《つくば》おろしの夜風は厳しかった。

今津屋で馳走になった酒の酔いは醒《さ》めていた。

(船に乗ると知っていたら羽織袴を身に着けてくるのだったな)

と磐音は悔やんだ。

船に乗っているのは、磐音のほかに木下一郎太と小者と船頭の四人だ。

御用船はまず新大橋を潜って竪川に入った。さらに三ッ目之橋の先で横川へと

曲がり込み、法恩寺橋際で一旦止まった。

　小者が船から河岸《かし》に上がって地蔵の竹蔵親分を迎えに行った。さすがは御用聞きだ。旦那の木下一郎太を待たせることなく、すぐに飛び出してきた。その上、手先の一人にはなんと大徳利と茶碗まで持たせていた。

「おや、坂崎様もいらっしゃいましたか」

「世話になります」

　磐音は、この橋の袂《たもと》で地蔵蕎麦の屋号で商いをする御用聞きの親分に頭を下げた。

「竹蔵、鐘ヶ淵が動いた。淳庵先生を勾引していきやがった」

「雉《きじ》も鳴かずば撃たれまいに。お屋形様も味噌をつけたぜ」

　と竹蔵が言ったのにはわけがあった。

　中川淳庵は小浜藩士だ。

　藩主の酒井忠貫《ただつら》は無役ながら、四代前の忠音《ただおと》は老中を、初代の忠勝《ただかつ》は老中から大老に昇りつめた譜代大名にして名門である。いくら、

「鐘ヶ淵のお屋形様」

　でも無謀にすぎると竹蔵が言ったのだ。

笹塚孫一が三万五千石の譜代大名の西尾家の隠居を相手に、泰然自若としている理由でもあった。

「坂崎様、中川先生はこれまでも襲われなさいましたねえ。今度は屋敷から誘《おび》き出してなにをしようというのですかね」

「親分、それがしもそのことを考えた。中川さんを殺すのが目的ならば、もはややっていよう。だが、こたびはなにか考えがあって、勾引したような気がする」

「はて、それがなにかだ」

磐音にもその見当がつかなかった。

「寒さ凌ぎにいかがにございますか」

竹蔵が手先に茶碗を回すよう命じた。

「こいつは地獄に仏だぜ」

木下一郎太が嬉しそうに受けた。

横川から源森川を伝って再び大川に出た御用船は、さらに上流へと遡航《そこう》していく。竹屋ノ渡しを過ぎた頃から寒さが一層募った。

磐音はちびちびと茶碗酒を飲みながら、寒さを忘れようとした。

刻限は夜半を過ぎたあたりか。

鐘ヶ淵は左手に浅草寺を見ながら、さらに寺島村、隅田村、南千住と上りつめた辺りだ。

この界隈で隅田川が荒川と呼び名を変えるのである。

御用船は綾瀬《あやせ》川へと入り込んだ。

一郎太も竹蔵もすでに「鐘ヶ淵のお屋形様」こと西尾幻楽の隠宅を承知らしく、船頭にあれこれと命じて、隅田村の岸辺の一角に着けさせた。

「ちょいと屋敷を外から覗いてみますか」

竹蔵が岸に飛び、一郎太と磐音も続いた。

「歩くとちょいとございます」

竹蔵の言葉どおりに三人は暗闇をずいぶん歩いた。御用船は用心して離れた場所に止められたのだ。

「あれでございますよ」

竹蔵が梅林の向こうに見える灯りを指した。

西尾幻楽の隠宅は、鐘ヶ淵の流れが複雑な地形を織りなす入り江の河畔に建てられ、船着場には屋形船まで停まっていた。

夜半というのに隠宅には灯りが煌々と点されて、宴でも催されている様子だ。

「屋形の周りに幅一間の溝が掘り込まれていましてね、ご隠居が風流を楽しむ屋敷どころか、まるで戦国時代の武家屋敷ですぜ」

と竹蔵が言った。

三人は屋形の後方から大きく回り込んで、近付いていった。

「血覚上人の一味を集めての宴ですかねえ」

竹蔵が呟く。

夜風に乗って剣舞でも演じているような胴間声《どうまごえ》の詩吟《しぎん》が聞こえてきた。

「おそらく日田峠以来の馴染みの連中だ」

「中川先生を捕らえて祝いの宴というわけですかえ」

竹蔵が吐き出し、どうしたものかという顔で磐音と一郎太を窺った。

「親分、血覚上人一味はこちらの来るのを手ぐすね引いて待っているのだ。屋敷に入り込むのはちょっと剣呑《けんのん》だな。どこか遠くから敷地が見える場所はないか」

「ここいらは河岸で、高台はございませんや。ただ、東側に回り込めば、樫《かし》の大木が何本か立っています。あの木に登れば屋敷内が見えるかもしれません」

「地蔵、おれは高いところは駄目だ」

と一郎太が拒んだ。

「よろしゅうございます。わっしが木登りをいたしますで、お二人は下で待っていておくんなせえ」

竹蔵親分が二人を連れていったのは、屋形を取り巻く堀から二十間ばかり離れた樫の大木の下だ。

捕り縄を懐から出した竹蔵は十手を紐の先端に結ぶと、地上二間ばかりのところから横に伸びた枝に投げて結わえ、それを頼りにするすると登っていった。

「木下どの、それがしも親分を真似てみよう」

磐音は包平《かねひら》を抜いて一郎太に預けると脇差だけを帯に差し込んで、縄を両手に摑んだ。

樫の大木は高さ四十余尺もありそうだ。

頂から十尺ほど下まで登ると、西尾幻楽の隠宅の庭と開け放たれた座敷が見えてきた。

「坂崎様」

竹蔵が怯えた声を出した。

「あれは中川先生ではございませぬか」

庭の一角に土壇《どたん》が築かれ、白い衣装を着せられて顔にも白い袋を被せられた人物が寝かせられていた。

まるで死んだ科人《とがにん》の体を使っての新刀試し斬りの光景のようだ。

その周りには白の僧衣に太い丸帯を締め、丸笠を被った連中が、赤樫の棒を携えて警戒に当たっていた。

座敷では、白髪《しらが》頭の老人を中心に六、七人の剣術家とおぼしき連中が酒盛りをしていた。抜き身を煌かせて詩吟を歌いつつ踊っているのは、一人の巨漢の侍だ。

だが、その中に血覚上人の姿はなかった。

「あの人物が中川さんかどうか分からぬが、われらを待ち受けていることだけは確かなようだ」

「どうなさいますか」

「様子を見よう」

樫の大木の上で磐音と竹蔵が、そして、その木の下で一郎太が、寒さに耐えながら時が過ぎるのを待った。

長い夜が過ぎた。

夜明けの兆候が東の空に走った。

ふいに木の下で小さな叫びが上がった。

磐音は物音を立てないように枝に足をかけながら下りていった。

三

「ここでなにをしておられるな」

磐音の耳に、一郎太を誰何《すいか》する女の声がした。老女のようだ。

「そ、それがし、ちと曰《いわ》くがございまして。はっ、はい」

一郎太の答えはしどろもどろだ。

「みれば枝に縄をぶら下げておられる様子。よからぬことをお考えではありませぬか」

一郎太は首吊《くびつ》りと間違われていた。

背に籠を負い、手に鍬《くわ》を持った尼僧だった。

西尾幻楽の隠宅から東側に静林庵という尼寺があったが、どうやらその尼寺の老尼のようだ。

磐音と竹蔵は尼僧を驚かさぬようにそうっと飛び降りた。

「な、仲間がおられたか」

「尼様、驚かしてすまねえ。わっしら、御用の者にございます」

竹蔵が着物の肩についた葉っぱを叩《はた》き落としながら腰を屈めた。

「さよう、南町奉行所の同心にござる」

一郎太も応じた。

「なにっ、町方ですと」

老尼の視線が一郎太から西尾幻楽の隠宅へ移り、納得したように頷いた。

「普段から奇怪な者たちばかりが出入りしておるゆえ、なんぞ起こるとは思うておりましたがな」

「尼僧どの、それがしの友が攫《さら》われてあちらの屋敷に連れ込まれたという報せがございまして、木の上から様子を窺っておったところです。決して怪しい者ではございませぬ」

磐音も言い添えた。

「友とはどのようなお方かな」

「さる藩の蘭医にございまして、確かな人物にございます」

「そのお方が攫われたと」

「はい、昨日、偽の使いに誘き出されたのでございます」

老尼はしばらく考えていたが、

「見れば長らくこの場におられた様子、体も冷えたであろう。寺に参られよ、茶など進ぜよう」

と老尼が先に行こうとした。

「尼様、わっしは本所の法恩寺橋際で地蔵蕎麦を営むかたわらお上の御用を務めます竹蔵、こちらの旦那は定廻りの木下一郎太様、もうおひとかたは深川にお住まいの坂崎磐音様にございます」

と竹蔵が三人の身分を明かした。

「私は静林庵の紫光尼《しこうに》にございます」

「これは庵主《あんじゅ》様にございましたか」

竹蔵はさすがに庵主の名を承知していた。

「毎朝、朝餉の実を近くの畑に採りに行くのが日課です」

と背に負った籠を揺すった。

三人が案内された静林庵は、竹藪に囲まれた小さな尼寺だった。

その敷地の竹藪が西尾幻楽の隠宅近くまで伸びていて、尼寺と隠宅とは十間とは離れていないという。

朝がきて、隠宅の宴も終わりに近付いたか、詩吟の声も聞こえなくなっていた。

「庵主どの、隣屋敷の騒ぎはお勤めの妨げにはなりませぬか」

「幻楽様が隠宅を構えられた当初は静かに船遊びをなさる程度でした。それが、近頃は怪しげな坊様方やら浪人方が出入りいたしましてな、若い尼をどこぞに移そうかと考えている最中にございますよ」

磬音の問いに紫光尼が困った顔で答えた。

小さな門を潜ると石畳が小さな庵へと伸びて風情《ふぜい》があった。

磬音たちが通されたのは庫裏《くり》の囲炉裏端だ。台所では二人の尼によって朝粥《あさがゆ》が仕度されていた。

「今朝の味噌汁の具は豆腐になされ」

籠を下ろした紫光尼はそう命じた。

「畑に参られる足を止めたは、偏にわれらのせい、申し訳ありませぬ」

磬音の言葉に笑みを返した紫光尼は、自在鉤にかかった鉄瓶の湯で自ら茶を淹れてくれた。

「生き返りました」

茶を喫した磬音は正直な気持ちを述べた。なにしろ数刻樫の木の上にいたのだ、

体が冷え切っていた。頷いた紫光尼が、

「そなたの友は、なぜ幻楽様に攫われなされたな」

と訊いた。

磐音は即座に一郎太と頷き合うと、事情を述べることを決意した。そこで中川淳庵の人となりから日田山中に始まる一連の騒動の模様《あらまし》を語った。

「なんとのう、幻楽様は偏狭な考えに凝り固まった上に、邪悪なことに手を染められたか。当代の忠需様もお困りであろうに」

「庵主様、横須賀藩では幻楽様のことをどうお考えなのでございましょう」

竹蔵が訊いた。

「正直、幕府に知られぬかと冷や冷やしておられましょう。それは御用人様方が度々おいでになることでも推測がつこうというもの。ですが、幻楽様はすぐに追い返してしまわれます」

紫光尼は吐息をついた。

「幻楽様は先代の忠尚様の妾腹《しょうふく》、忠需様の異母兄にあたられます。歳も二十近く離れていることもあって、宝暦《ほうれき》十年（一七六〇）に先代が亡くなられたとき、幻楽様が藩主の座に就かれるという話もあったそうな。その思いが高じたのでしょうが、近頃では前藩主を名乗られ、忠需様の後見を任じておられるそうです」

「庵主様、幻楽様は藩主の座に就かれたことはないのですか」

ということは、御奏者番の役に就きようもないということだ。

磬音の問いに紫光尼の答えはきっぱりしていた。

「ございませぬ。ただ、忠需様が心優しきお方ゆえ、異母兄を好き放題にさせた結果、前藩主であるかのような錯覚を抱かせたと、御用人が嘆かれたことがございます」

「なんとのう。となれば中川淳庵どのを勾引したことが城中に知れれば、横須賀藩は苦境に立たされますぞ。若狭小浜藩と遠江横須賀藩は同じ譜代とはいえ、家格が違いますからね」

横須賀藩は三万五千石の若年寄格だが、一方の小浜藩は大老をも務めた老中格十万三千五百石だ。

どうしたものかと迷う磬音に、

「それで中川様は屋敷におられたか」

と紫光尼が訊いた。

「それが今ひとつはっきりいたしませぬ」

「うちと幻楽様の屋敷の勝手方の女衆は土地の者にございますし、行き来もあります。ちと時間《とき》をいただければお調べしましょうかな」

「有難いことです、庵主様。横須賀藩西尾家のためにもぜひお願い申します」

と竹蔵が応じて、

「ならば、朝粥なと食しなされ」

と紫光尼が三人の男に朝餉の仕度を始めた。


磐音は静林庵でその日を過ごした。

余寒が戻ってきたようで冷え込みの厳しい一日だった。

木下一郎太と地蔵の竹蔵親分は一旦鐘ヶ淵を引き上げた。

磐音は紫光尼の許しを得て、幻楽の隠宅に接した竹藪の中に生えた杉の大木に時折りよじ登っては、隣屋敷の様子を眺めた。だが、昼間の隠宅はひっそり閑としていた。

そのことに誘われたわけではないが、磐音は静林庵の竹林の一角で稽古を始めた。まず落ち葉の降り積もった竹藪に座すと膝《ひざ》の前に包平を置いた。

瞑想四半刻（三十分）、心を空白にした。

両眼を見開いた磐音は腰に一剣を戻し、両足を開いて腰を落とした。

磐音が己に課したのは、殺気も闘争心も消しての抜き打ちだ。

包平二尺七寸が静かに竹林の気を二つに裂いた。

尼寺から殺気が洩れて、幻楽の隠宅に伝わってはならなかった。

無音のままに竹林の気を両断する。闘争心を溜めての稽古よりもはるかに至難のことだった。

だが、居眠り剣法の真骨頂は、

「春先の縁側で年寄り猫が日向ぼっこをする長閑さ」

にあった。

「何気ない光景に剣気を忍ばせる」

そのことにあった。

磐音は殺気を消した無音の抜き打ちを五十、百、さらには二百と繰り返して止めた。

顔にはうっすらとした汗が光っていた。

八つ半（午後三時）の刻限、磐音が井戸端で顔と手足を清めていると、紫光尼に呼ばれた。庫裏には中年の女がいて、

「坂崎様、このおたかさんは隣屋敷の台所で働いておられます。おたかさんにお訊きしましたがな、昨夜の白装束の人物は、男衆の金造《きんぞう》さんが脅されて、あのような格好をさせられたそうです」

おたかがうんうんと頷いた。

「おたかさんは、お医師の中川様が屋敷に連れ込まれた様子はないと言われますのじゃがな。食事の用意をするので一人でも人数が増えれば分かるそうな」

「だれぞを閉じ込めておく蔵もないものな」

おたかも答えた。

「おたかどの、助かりました。このとおりにござる」

と磐音はおたかに平伏した。

親友の中川淳庵の身を案じる気持ちがそうさせたのだ。

「坂崎様、お顔をお上げください。おたかさんも困っておられますでな」

磐音はようやく顔を上げて、

「となると一から出直しだ」

と呟いた。

「そのことです。おたかさんが言われるには、朝方、奇怪な坊様方がどこぞを往復してこられたそうな。せいぜい往復に一刻（二時間）ほどと申しますから、近くに隠れ家があるのではありませぬか」

「有難い」

磐音は叫んでいた。

「おたかどの、船ですか、徒歩《かち》にございますか」

「徒歩だねえ。夕暮れにも出かける按配だ。握り飯を頼まれたからね」

磐音はにっこりと笑った。

「おたかどの、ほんとうに助かった」

磐音は財布から一分金を出すと懐紙に包んで、

「気持ちでござる。受け取ってもらいたい」

とおたかに渡した。

おたかは困った顔で紫光尼を見たが、尼僧が頷くと、

「なら、有難く貰っておくよ。握り飯ができるのは暮れ六つ過ぎだよ」

と答えると快く受け取ってくれた。

鐘ヶ淵に夕闇《ゆうやみ》が迫る頃、西尾幻楽の隠宅から三人の僧侶が姿を見せた。例によ

って丸笠を被り、薄汚れた白の僧衣に太い丸帯を締め、手には両端に鉄の輪が嵌った赤樫の六尺棒を携えていた。

一人は背に風呂敷包みを負うていたが、それがおたかの拵《こしら》えた握り飯であろう。

もう一人も大徳利を提げていた。

磬音は闇を利し、三人の白衣《びゃくえ》を目印に尾行した。

三人は毘沙門天多聞寺《びしゃもんてんたもんじ》のかたわらを抜けて東へと、畑の間を向かった。

さらに隅田村を通り過ぎて、若宮村へと入った。

四半刻ほど早足で歩いた三人が入っていったのは、若宮八幡宮の境内だ。

若宮八幡宮の別当寺は真言宗にして善福院と号した。社伝によれば、文治《ぶんじ》五年（一一八九）七月、源頼朝が奥州の藤原泰衡《やすひら》を征伐《せいばつ》せんとして進発した。その途次、この地に立ち寄りて当社に参詣《さんけい》し、武運長久を祈願した来歴も持っていた。

頼朝が奥州征伐を終えて凱旋《がいせん》し、この地に鎌倉の鶴岡《つるがおか》若宮八幡宮を勧請《かんじょう》したという。だが、その後、

〈……春草年々に生じ秋の蔦《つた》月々に茂り、瑞籬《ずいり》は崩れ神階《しんかい》朽ちて破壊《はえ》におよびし……〉

状態に陥っていた。

血覚上人の配下の坊主どもは、境内に一棟灯りを点した社務所に姿を消した。

磐音はしばらく様子を見たあと、社務所の裏手に回り込んだ。

破《わ》れ鐘のような声が響いてきた。

「こやつ、大人しくしておるか」

「虚空坊《こくうぼう》どの、肝っ玉が据わっておるのか、臆病で口も利けんのか、黙り込んだままにございますぞ」

見張りか、若い声が応えていた。

「死人相手の蘭医よ、怖くて口も利けぬのであろう」

と虚空坊と呼ばれた破れ鐘が答え、

「握り飯を与えてみよ」

と許しを出した。

(やはり中川さんだ)

磐音は淳庵が無事なことを知って、ほっとした。

こうなれば三人が鐘ケ淵に戻った後に救出するまでだ。

破れかけた社務所から煙が上がり始め、酒でも飲んでいる気配が伝わってきた。

虚空坊ら三人はおよそ半刻(一時間)ばかり社務所にいて、

「おそらく今宵にもこやつの仲間の坂崎某《なにがし》が現れる手筈だ。六間堀の長屋に、鐘ヶ淵のことを投げ文にて知らせておいたからな」

なんと、磐音に罠《わな》が仕掛けられていた。

「となれば、われらがこの破れ社務所で夜を明かすのも今宵かぎりですな」

「こやつの朋輩《ほうばい》を始末したあと、玄白、良沢の二人もこやつを餌《えさ》に勾引して始末いたす。数日後にはひと仕事終わろうぞ。それまでの我慢じゃ、阮海坊《げんかいぼう》」

「畏まりました」

社務所から虚空坊らが消えた。

磐音は残寒に耐えてさらに四半刻ほど待機し、様子を窺った。

声からして二人の見張りがいることが分かった。

酒盛りは続いていた。

磐音は頃合いを見て、一旦、社務所の裏手から離れた。

いつの間にか、月光が若宮八幡宮を照らしつけていた。

磐音は破れ果てた本殿に向かった。

中川淳庵の救出の無事を祈るためだ。

参拝した後、磐音が本殿内を覗くと、破れた屋根からの月明かりに木刀が転がっているのが見えた。

古びた木刀を拾って見ると、祈願武術皆伝と墨書されていた。いつの時代か、武者修行の者が献納したものであろう。

磐音は何度か振ってみた。重さも長さも手頃で、大丈夫、使えそうだ。

肚《はら》を固めた磐音は社務所に向かった。

いきなり破れ戸を開いた。すると囲炉裏の火に、中川淳庵が板の間の柱に結わえ付けられているのが照らし出された。

淳庵は瞑目《めいもく》していた。

二人の破戒坊主は囲炉裏端で酒を飲んでいた。

磐音は踏み込むと淳庵のもとに一気に走った。

「なに奴だ！」

と一人の坊主がかたわらの赤樫を握った。

そのときには磐音が脇差を抜き放ち、淳庵の体を縛めた縄目《いまし》を切っていた。

「坂崎さん」

淳庵の声はどこか間延びしていた。磐音が現れるなど夢想だにしなかったからだろう。

「おのれ、そなたが坂崎磐音か」

囲炉裏端から二人の坊主が立ち上がり、赤樫を構え直した。

磐音は脇差を淳庵に渡すと、その直後には木刀を手に二人の間に飛び込んでいた。

右手の小柄な坊主の鳩尾《みぞおち》に磐音の俊敏な突きが決まり、虚空に両足を浮かせて、後ろ向きに土間に落ちて失神した。だが、磐音はそれを確かめる間もなく、二人目の坊主に立ち向かっていた。

相手も赤樫の棒を振るって殴りかかってきた。

磐音は飛び込みつつ木刀と擦り合わせた。その途端、

ぽきん！

と音を立てて、木刀が折れた。やはり古くて虫食いでもあったか。

磐音は委細かまわず体当たりすると、よろめく相手の眉間を、手元に残った一尺五寸余の木刀で殴りつけた。

相手の内懐《うちふところ》に飛び込んでいたことが効を奏して、くたくたと倒れ込んだ。

磐音は荒れ放題の社務所の中を見回した。

もはや相手は残っていないようだ。

「中川さん、怪我《けが》はありませんか」

「坂崎さん、投げ文を見て助けに来られたか」

「ならばどうして」

「投げ文はまだ見ていません」

「北村南哺どのが、中川さんがツュンベリー医師の江戸参府を餌に誘き出されて勾引されたらしいと知らせてこられたのです。すでに南町奉行所は『鐘ヶ淵のお屋形』の正体を摑んでいましたから、昨夜《ゆうべ》のうちに鐘ヶ淵の幻楽の隠宅を監視下に置いたというわけです」

「そうでしたか」

と嬉しそうに笑った淳庵が、縛められていた手首をもう一方の手で揉み解《ほぐ》した。

「さて、この者たちをどうしたものか」

磐音はそう言うと、淳庵が縛められていた縄を使い、二人の手首と足首を縛った。さらに淳庵が探してきた荒縄でしっかりと柱に結わえ付けた。

「鐘ヶ淵に木下どのと地蔵の親分が帰ってきた頃です、二人の始末を相談しましょうか」

駕籠で運ばれてきた淳庵は足袋裸足《たびはだし》だった。そこで逆に虜囚になった坊主の一人の足駄を履くことにした。

「歩けますか」

磐音が友の身を案じると、

「座らされていただけです。歩くのに支障はありません」

と淳庵が答え、二人は社務所の外に出た。するとそこに待ち受ける者たちがいた。

鐘ヶ淵の隠宅に戻ったはずの虚空坊ら三人だ。

「なにやら背中がぞくぞくして嫌な感じがしておったのだ」

破れ鐘の沈んだ声が言うと赤樫の六尺棒を構えた。

「青海坊《せいかいぼう》、黒川坊《こくせんぼう》、ぬかるでないぞ。こやつ一人に岸流不忍坊《がんりゆうふにんぼう》どのをはじめ大勢の仲間が倒されたのだ！」

「心得た」

磐音は包平を抜いた。

若い見張りの二人とは腕前が違っていた。淳庵を抱えてもいた。

「中川さん、下がっていてください」

そう言い置くと自ら三人の破戒坊主の前に進み出た。

若宮八幡宮の境内に蒼《あお》い月明かりが落ちていた。

巨漢の虚空坊を中心に、二人の丸笠が鉄の輪が嵌った六尺棒を構えて、振り回し始めた。

夜気を裂いてぶるんぶるんと音を立てる。

だが、中央の虚空坊は棒の中ほどを両手で持って、一方の端を斜めに突き出すように構えているだけだ。

磐音は左右の二人に気を配るふりをしながらも、細心の注意を虚空坊の動きに向けていた。

構えは正眼だ。

「ええいっ！」

「おおっ！」

二人の僧が同時に突進する構えを見せた。

その間隙を縫って磐音は虚空坊に走った。

えたり
と虚空坊も突き出した棒の先端を伸ばしつつ振り上げた。

鉄の輪を嵌《は》め込んだ六尺棒だ。

まともに受け止めれば豪刀の包平でさえ圧《へ》し折られる。
だが、磐音は赤樫の棒を包平で受けた。
（しめた！）
虚空坊が胸の中で快哉《かいさい》を叫んだとき、不思議なことが起こった。
振り上げられた重い棒が生み出す圧倒的な力が、真綿に包《くる》まれたように吸い取られた。
（なにくそっ）
虚空坊が棒を引き戻そうとしたが、包平がぴたりと押さえて身動きがとれなかった。
「なにをしておる。青海坊、黒川坊、背中を襲え！」
二人の仲間に命を飛ばしたとき、手元の棒がふわりと軽くなった。
（よし）
と引き戻した瞬間、磐音がさらに内懐に入ってくると、
ぱあっ
と包平を首筋に一閃させた。
それは稲妻のように走り、虚空坊がそれを意識したときには首筋に冷たい痛み

が抜けて、一瞬のうちに意識を途絶させていた。

磐音は巨漢の虚空坊が崩れ落ちるのを盾に左手の青海坊へと飛んで、峰に返した包平で肩口を強打し、さらに数歩前方に走って間合いを外すと反転した。

最後に残った黒川坊は呆然《ぼうぜん》と立ち竦んでいた。

「どうなさるな」

「おのれ！」

狂乱の叫びを上げて黒川坊が突っ込んでくる動きを見定めた磐音は、振り下ろされる六尺の赤樫を掻い潜って、峰に返した剣を首筋に叩き込んでいた。

若宮八幡宮に三人の坊主が転がり、一瞬にして戦いが終わった。

四

隅田村の百姓家の納屋から笹塚孫一の伝法な声が響いた。

「坊主は寺社扱いだとぬかすか！」

「おおっ、町方が出る幕ではないわ。早々に寺社に引き渡せ！」

磐音が気を失わせた四人の血覚上人配下の一人、阮海坊が居直ったように喚き返した。

「偽坊主ども、よく聞け！　裏本願寺別院奇徳寺なんて宗派は、寺社奉行には一つとして届けがねえんだよ。僧侶の姿をしてりゃ坊主というのなら、芝居の役者はいつでも坊主に鞍替《くらが》えできる寸法だ。おい、南町奉行所の年番方与力を嘗めるんじゃねえぜ」

小さな体ながら大きな頭に鎮座する二つの目玉から、気迫と憤怒の光がめらめらと燃え盛り、手にした青竹を阮海坊のかたわらの柱に叩き付けた。すると竹棒が圧し折れた。

四人の偽坊主が色を失った。

「てめえらが勾引した中川淳庵先生は、若狭小浜藩の家臣だぜ。頼りにする遠江横須賀藩の隠居なんぞとは格が違うんだ。いいか、老中格の家柄が本気になりゃ、西尾幻楽なんてひと捻りだ、後ろ盾の横須賀藩だって、このままじゃあ済まねえぜ。こっちはその意に添って動いてるんだ。てめえら、命が惜しきゃあ、こっちの問うことにきっちり答えねえか！」

笹塚の啖呵に四人の坊主が顔を見合わせた。

「一郎太、こやつらを叩きのめせ！」

笹塚の命に若い同心が、

「畏まりました」

と新しい青竹を取り上げた。

磐音は笹塚孫一の火を吐くような取調べを、納屋の片隅の囲炉裏端から見るともなく見ていた。

寒さは未だ続いていた。

御府内《ごふない》の外れの鐘ヶ淵は冷え込みが厳しい。

そんな寒さにもかかわらず二晩も徹宵をしたせいで、瞼《まぶた》が重くて仕方がない。


若宮八幡宮の戦いの後、磐音と淳庵は静林庵に戻った。するとそこには木下一郎太や地蔵の竹蔵親分たちが待っていて、淳庵の救出に歓声を上げて喜んでくれた。さらに磐音の報告を聞くと即座に若宮八幡宮に駆けつけて、虚空坊の亡骸《なきがら》と四人の虜囚の身柄を引き取って引き上げてきた。

鐘ヶ淵には笹塚孫一自身が出張っていて、取調べ所として一軒の百姓家の納屋を借り受け、早々の吟味が始まったのだ。

納屋は農繁期に作男が寝泊まりするようになっていたので、台所も囲炉裏も設えられていた。

中川淳庵はすでに南町奉行所の御用船に乗せられ、屋敷に連れ戻されていた。

磐音を眠りに誘うのは友が無事だったという一事だ。

かたわらで厳しい取調べが行われているというのに、磐音はついに眠りに落ちた。何刻眠ったか、目を覚ますとかたわらに笹塚孫一だけいて、粗朶《そだ》をくべていた。

納屋の格子戸《こうしど》から朝の光が斜めに射し込んでいた。

「取調べは終わりましたか」

「他愛もねえ連中だ。どいつもこいつも浪人上がりの偽坊主だった。すでに南町に送った」

「五人の配下が戻ってこない隠宅の様子はどうですか」

「血覚上人の命で様子を見に行かされた若い坊主をもう一人捕まえた。こいつもすでに数寄屋橋に送った。その後、ひっそりとしておる」

「どうなさいますな」

「すでに手は打ってある」

笹塚孫一が応じたところに、地蔵の親分と手先たちが、握り飯の盛られた大皿やら湯気の立つ味噌汁の鍋やら古漬けのてんこ盛りの丼を運んできた。

「坂崎様も目を覚ましておられましたか。さぞ腹が空かれたことでしょう」

と朝餉の仕度を始めた。

「せめて顔を洗ってこよう」

磐音は納屋を出ると母屋の裏手に回った。

朝餉の仕度は母屋の台所でなされたらしく、竈の煙が静かに立ち昇っていた。

柿の木の下に井戸を見つけた磐音は、釣瓶《つるべ》で井戸水を汲んで顔を洗った。

鐘ヶ淵の岸辺には余寒がまだ居座っていた。

(しまった、手拭いを持っていなかった)

と後悔する磐音の顔の前に手拭いが差し出され、

「よく眠っておられましたな」

と一郎太の声がした。

「かたじけない、お借りする」

手拭いで顔を拭き、一郎太を見ると、捕り物仕度の衣服の肩に朝露を置いているのが見えた。吐く息も白い。

「鐘ヶ淵のお屋形様の隠宅を見張っておられたか」

「最後の幕引きまでにはしばらく刻限があります。幻楽老人をはじめ、どう動こうかと迷っている様子です」

と一郎太もゆったりと構えていた。

二日続きで宮戸川の仕事を休んだなと気にする磐音に、

「まずは腹拵えをしましょうか」

と一郎太が誘った。

納屋の囲炉裏端ではすでに南町奉行所の面々が顔を揃えて、地蔵の手先が注《つ》ぐ味噌汁の椀《わん》を渡されていた。

「葱《ねぎ》の香が美味しそうだ」

味噌汁の具は青葱だった。

磐音も囲炉裏端に座り、味噌汁の椀を手にした。

「馳走になります」

「いただきます」

の声が響いて、男たちが一斉に味噌汁を啜り、握り飯にかぶりついた。

朝餉の後、磐音はまた眠りに落ちた。が、一刻も過ぎた頃、竹蔵に揺り起こされた。

「そろそろ幕引きの刻限でございます」

「親分、役者が揃ったとみえるな」

「そんな按配で」

納屋には南町奉行所の同心や小者たちが、鎖鉢巻《はちまき》、襷《たすき》がけ、籠手《こて》、臑当《すねあ》てと、出役《しゆつやく》仕度もいかめしく顔を揃えていた。

先ほどよりもさらに人数が増えているようだ。

笹塚孫一はと見れば、野袴に火事羽織、大頭にちょこんと陣笠がのり、手には指揮十手を握っていた。

「そなたの手を煩わすかもしれぬぞ」

笹塚が磬音に言いかけた。

「幻楽の隠宅に雇われたのは、戸田《とだ》一刀流の剣術師範をしていた棟方宗袁《むなかたそうえん》入道なる剣術家とその一味だ。棟方は長薙刀《ながなぎなた》も遣うそうじゃ。こやつと仲間が十余人ほど、血覚上人と残党が六、七人というところであろう」

「横須賀藩の隠居所に踏み込むのですか」

「町方ではさすがにそうもいかぬ。棟方と血覚上人一味を屋敷の外に追い出す手筈は整えてある」

「さすがは南町の切れ者与力どのですね」

「そなたに言われると尻っぺたがむずむずするぞ」

と笑った笹塚が、

「お奉行からは、大目付、寺社とすでに挨拶を済ませてある。幻楽は小浜藩酒井家の家臣に手をつけたのがまずかった。今朝方早く酒井家の留守居役が西尾家に出向いて、厳しい抗議をなされてもおる。『鐘ヶ淵のお屋形様』は風前の灯《ともしび》よ」

と言って笹塚がぼやいた。

「まさか幻楽が、横須賀藩の藩主の座にも御奏者番の役にも就いたことがなかったとは、手抜かりであったわ。昔のことゆえついあやつの吹聴どおりに信じて、『鐘ヶ淵のお屋形様』なんぞというご大層な人物に仕立て上げてしまった。お奉行も迂闊であったと悔いておられた」

笹塚が苦笑いした。

「横須賀藩の船が船着場に到着しましてございます」

そこへ竹蔵の手先が飛び込んできた。

よしと応じた笹塚が、

「門前手捕りといたす。各々遺漏なきよう仕度を検《あらた》め直せ。武運を祈る！」

と言うと、凜然と出役を告げ、一同が百姓家の納屋から押し出した。

磐音だけが着流しという、場にそぐわぬ格好だ。

南町奉行所の一行が西尾幻楽の隠宅の表門に到着したとき、遠江横須賀藩三万五千石の江戸屋敷の御用人と留守居役の二人と、家臣団が屋敷に入った直後だった。

門は固く閉ざされていた。

横須賀藩としても、小浜藩からの抗議を受けては必死に動かざるをえない。もはや藩主の異母兄の西尾幻楽を庇《かば》うことは無理と判断しての、重臣の訪いであった。

森閑としていた屋敷内が急に慌ただしくなり、甲高い喚き声が響いた。

おそらく幻楽が最後の抵抗を試みている声であろう。そんな押し問答が半刻ばかり続いた。

棟方宗袁入道と血覚上人一味に屋敷退去の命が下った様子で、その仕度の物音が外にも伝わってきた。

閉じられていた門がぎいっと音を立てて開かれた。

棟方宗袁入道と血覚上人を先頭に屋敷の外に出ようとした一行が、
ぎょっ
として足を止めた。

笹塚孫一に指揮された南町奉行所の面々が出役していたからだ。

「不浄役人がなに用か」

九尺余の赤柄の長薙刀を供に担がせた宗袁入道が叫び返した。

「不逞浪人棟方宗袁、偽坊主血覚上人、そなたらの悪事、配下の者たちの自白によりすでに明白なり。大人しく縛《ばく》につけえ！」

笹塚孫一の声が凜として鐘ヶ淵に響き渡った。

なかなか見られぬ大捕り物だ。

「小癪《こしやく》な言い草、斬り捨てても通り抜けるぞ」

棟方宗袁の言葉にもかかわらず、配下の者たちは屋敷に戻ろうとした。すると横須賀藩の家臣たちが槍の穂先を揃えて、屋敷の外へ押し出した。

一統は前後を挟まれたことになる。

「くそっ！　斬り破って逃走いたす。各々方、覚悟なされ！」

宗袁はそう叫ぶと赤柄の薙刀を供の手から摑み取り、

さあっ
と薙刀の革鞘を払った。

磐音は、捕り方と棟方、血覚上人一味の力はほぼ拮抗していると見た。双方がぶつかり合えば多数の怪我人が出る。ましてや棟方は得意の長柄の薙刀を構えているのだ。これを乱戦の中で振り回されては捕り方に何人も死人が出よう。

ずいっ
と着流しの磐音が棟方の前に出た。

「そなたは何者だ」

棟方の誰何に血覚上人が叫んだ。

「棟方どの、こやつが、われらが仲間の命を数多《あまた》奪いおったのでござる」

「坂崎磐音とはそのほうか」

「棟方どの、いかにも坂崎磐音にございます。戸田一刀流の師範と聞き及んでおり申す。この場、そなたと尋常の勝負を願いたい」

小癪な、と吐き捨てた棟方宗袁が小脇の薙刀を供に返すと、

「上人、そなたの配下の仇、この棟方宗袁入道が孫六兼元《まごろくかねもと》の錆《さび》にしてつかわす。

検分なされよ」

と悠然と言い置いた。

棟方がそろりと剣を抜いた。

五尺七寸余ながら厚みのある体は、全身これ鋼《はがね》の筋肉に覆われていた。

正眼に構えをとった。

重厚な剣風だ。

磐音も包平二尺七寸の長剣を抜いて相正眼に置いた。

両者の間合いは二間を切っていた。

磐音の後ろには笹塚孫一に指揮された南町奉行所の面々が、棟方宗袁の背後には血覚上人ら一統が半円に囲んで、息を呑んでいた。

また閉ざされた門の陰にも横須賀藩の家臣たちが固唾を呑んで、その成り行きを密かに見守っていた。

鐘ヶ淵の岸辺には昨夜からの余寒が残っていた。

その上、朔風《さくふう》が舞い込んでいた。

朔風とは北方から吹き込む冷たい風だ。

堂々とした構えのままに棟方が、

ぐいぐい
と間合いを詰めてきた。

その度に棟方の相貌《そうぼう》が紅潮し、鋼の全身にめらめらと闘魂が燃え上がるのが、見物の者の目にも映じた。

一方、磐音は無風の岸辺に立つ柳の枝の如《ごと》くそよとも動かず、長閑な雰囲気を醸《かも》し出していた。

剛と柔、際立って対照的な二人だ。

間合いがさらに縮まった。

「え、えいっ!」

一気に最後の間合いを詰めた棟方の豪剣が磐音の肩口に斬り下ろされた。

磐音が左足から右足へと体重を移しながら、擦り合わせた。すると剛直な棟方の剣が、
ふわり
と絡め取られて動けなくなった。

「おのれ!」

膠《にかわ》ではない、真綿で包まれた感触ながら、引くことも押すことも敵《かな》わなかった。

居眠り剣法の真骨頂だ。

棟方は咄嗟に、擦り合わさった二本の剣を支点にくるりと回転し、その動きの中で間合いを外そうとした。

包平から孫六兼元が外れた。

棟方は磐音の左手に回り込みながら、兼元を足元へと回し込み、磐音の下半身を、
ぐいっ
と斬り上げた。

磐音の足元に朔風を割って黒々とした必殺の刃風が舞った。

だが、その刃もまた擦り合わされた。

棟方は強引に引き抜くと飛び下がって、兼元を八双に構え直した。

磐音の包平は正眼に戻っていた。

間合いは一間を切っていた。

「ふーうっ」

と大きく息を吸った棟方が一瞬呼吸を止めた。

次の瞬間、筋肉の鎧《よろい》に覆われた体が大爆発でも起こしたように膨らみ、雪崩《なだ》れ

るように死地に飛び込むと、磐音の肩口を袈裟《けさ》に襲った。

磐音はその場で受けた。

正眼の包平の大帽子《きつさき》だけが虚空に銀鱗を閃かした。飛び魚のように躍り、飛び込んできた棟方宗袁の頸動脈を、
ぱあっ
と刎《は》ね斬った。

「うっ」

と叫んだ棟方の体が硬直して立ち竦み、袈裟懸けの剣が力なく磐音のかたわらを落ちていった。

どさり
地響きを立てて棟方宗袁入道が倒れ込んで、雌雄が決した。

うおーっ！

と南町奉行所の捕り方から勝鬨《かちどき》が上がった。

反対に血覚上人の一統は息を呑んで逃げ腰になった。

「大人しく縛につく者には慈悲を与える。抗《あらが》う者は棟方の如く容赦なく始末いたす！」

笹塚孫一の指揮十手が振り翳《かざ》されて、捕り方の輪が縮まった。

棟方の配下の数人が剣を振り翳して抵抗しようとした。だが、その前に血刀を構えた磐音が立ち塞がると、闘争の気配は見る見る消えていって、剣を投げ出した。

その日の夕刻前、南茅場町《みなみかやばちょう》の大番屋からの帰りに磐音が今津屋に立ち寄ると、由蔵が、

「おおっ、どうなされましたな」

と叫んで、おこんも飛び出してきた。

「中川さんは無事でした」

「聞きました。今朝方、木下様の使いが見えられて、淳庵先生のご無事を知らせていかれました」

おこんは黙ったまま磐音の無精髭が伸びた顔を見詰めていたが、
すいっ
と奥へ消えた。

「鐘ヶ淵でえらい捕り物があったようですな」

「笹塚孫一様直々のお出張りで、血覚上人一味や剣術家たちが大勢捕縛されました」

「どこぞのたれかが手練れの技を見せられたため、大騒動にはならずに決着したそうですね」

「そんなこともありましたか」

南町奉行所の三艘の船に分乗させられた血覚上人らは、鐘ヶ淵から大川を下って南茅場町の大番屋に運ばれて、仮の取調べが行われていた。

磐音はそこまで付き合って大番屋を出てきたのだ。

「横須賀藩は事態の収拾に大童でございましょうな」

「藩主西尾忠需様の異母兄の所業ゆえ、幕閣からのお叱りは免れますまい。笹塚様の話では、幻楽様が詰め腹を切らされることになろうということでした」

「時代遅れの妄想を抱いた当人の始末は仕方ございませぬな。家中に犠牲が出なければよいのですが」

由蔵が答えたとき、おこんが両手にいろいろなものを抱えて戻ってきた。

「まずは町内の湯屋に行ってらっしゃいな」

おこんは磐音に着替え、手拭い、湯銭などを渡した。さすがは深川育ち、機転が利いて、事を運ぶのが迅速だ。

「やはり二日も徹宵するとむさくるしいですか」

「髭も伸び放題だし、汗と煤《すす》の臭いがするわ」

「おこんさんに嫌われても困る。湯屋に行って参る」

「夕餉の仕度をしておくわね」

とおこんに送り出されて、横山町の裏手にある加賀大湯に行った。

旅人宿が密集する界隈にある加賀大湯は、今津屋の奉公人たちが通う湯屋だ。

磐音は洗い場で丁寧に汗と垢を糠袋《ぬかぶくろ》で落として、石榴口を潜った。

うすぼんやりとした灯りの下の湯船に浸かり、五体を伸ばした。

（ああ、よかった。八百万《やおよろず》の神様やご先祖様のお助けのお蔭《かげ》で、中川さんが助かった。有難い）

と友が無事であったことを胸の中で神仏に感謝した。

第五章　待乳山名残宴

一

神保小路にある佐々木玲圓道場の稽古が終わる刻限、一人の医師が道場の玄関に立った。

中川淳庵である。

騒ぎが収束して三日が過ぎていた。

若い門弟にそのことを告げられて、磐音が玄関に出ると、

「坂崎さん、今日はこれから用がおありですか」

と訊いた。

「格別ありませんが」

「ならばお付き合いくださいませんか」

淳庵の顔に緊張があった。

「お待ちください。すぐに仕度します」

磐音は道場に戻ると、別府伝之丈と結城秦之助に少し早めに稽古を切り上げることを告げて、井戸端に走り、稽古着を両肩脱ぎにして汗を拭きとった。

「どこへ案内《あない》いただけるのですか」

「まずは藩邸にお願いします」

二人は肩を並べて昌平坂に向かった。

「坂崎さん、礼が遅くなりました。過日はまことにもって助かりました。ほれ、このとおりです」

と足を止めて深々と頭を下げる蘭医の友に、

「礼など要《い》らぬこと、頭を上げてください」

と困惑の体《てい》で言いかけた。

刻限は九つ半（午後一時）前のことだ。

春のうららかな陽《ひ》の光が二人の男を照らしていた。

磐音は淳庵に連れられて若狭小浜藩の門を潜《くぐ》った。

淳庵はいつものように、手入れの行き届いた庭に案内した。だが、さらに広敷《ひろしき》のかたわらの門を潜って奥へとずんずん進んだ。

磐音はこれまで見たこともない奥庭の一角に立っていた。

遠く泉水を望む東屋には茶を喫している一行がいた。奥女中や重臣らしき人々にかしずかれた様子を見て、磐音は、
はっ
とした。

「中川さん」

「殿がどうしても坂崎さんにお目にかかりたいと仰《おお》せられましてね」

それが淳庵の緊張の理由だった。

酒井家九代藩主、修理大夫《しゅりだいぶ》忠貫《ただつら》が東屋にいたのだ。だが、そこには今ひとりの客がいた。

「おおっ、来たか」

立ち竦む磐音に声をかけたのは、御小姓組の赤井主水正だ。

「忠貫様、この者が坂崎磐音にございます」

と赤井が忠貫に紹介した。

磐音は慌てて、その場に片膝《かたひざ》を突いた。

宝暦十二年（一七六二）に十一歳で藩主の座に就いた忠貫は、まだ二十四歳の若い大名であった。

「よう参られたな。近う寄られよ」

その忠貫が気軽に声をかけた。

「赤井様、稽古帰りにてむさ苦しい格好にございますれば、この場にて御免くださりませ」

「坂崎どの、忠貫様には稽古の後と申し上げてある。こちらに参られよ」

赤井の再三の勧めに磐音も覚悟した。

包平《かねひら》を鞘ごと抜くと、かたわらの縁台に、御免つかまつりますと断って置き、脇差一本で腰を屈めて、忠貫と赤井の前に近寄った。

「坂崎どの、こたびは中川淳庵の救出に力を貸してくれたそうな。忠貫、礼を言うぞ」

「家臣の方々を差し置いての差し出がましき振舞い、恐縮至極に存じます」

若々しい声に磐音はただ低頭した。

「坂崎どの、この一件、小浜藩が表に立たれれば、どこぞの藩に大きな犠牲が出たは必定《ひつじょう》。南町奉行の牧野様のお考えで穏便に事を済ませようとしたことなれど、淳庵どのの行方が知れず、一時《いっとき》は心配いたした」

磐音の知らないところでいろいろな動きがあったということだ。

「本日、忠貫様に茶に招かれて、偶然にもこの話になった。そこでそれがしの知り合いと申し上げると、忠貫様がぜひそなたをこの席に招きたいと仰せになられたのでござるよ」

「有難き幸せに存じます」

忠貫が自ら点《た》てた茶を供された磐音は、

「無作法にございまするが」

と断り、ゆったりと喫した。

その姿を、忠貫と赤井が笑みを浮かべて見ていた。

喫し終わった磐音に、

「そなたと淳庵は、西国日田以来の付き合いじゃそうな」

と忠貫はすでに淳庵から話を聞いていたのか、そのようなことまで話し出した。

そこで磐音と淳庵が知り合いになった経緯《いきさつ》やその後の交遊を、交代で話した。

「忠貫様、この坂崎磐音、直心影流佐々木玲圓どのの秘蔵の弟子でしてな、玲圓先生も手を焼く遣い手にございます。それがしもこの者の真剣勝負を知っておりましてな……」

と赤井が、両国橋の上で偶然にも立会人となった曽我部下総守俊道との戦いの模様を披露した。

磐音はただ額に汗する刻限を過ごし、忠貫から、

「今後とも淳庵をよろしく頼む」

というお言葉までいただいて、東屋から辞去した。

磐音は表門を出たところで、

「ふうーっ」

と溜めていた息を吐いた。

「坂崎さん、私も留守居役に急に呼ばれましてね、坂崎さんを迎えに行ってこいと命じられて当惑しました。はあーっ、えらく気苦労なことでした」

と苦笑いしながら経緯を語った。

「それがしとて、忠貫様の御前に呼ばれようとは夢にも思いませんでした。赤井様が同席しておられたので助かりました」

「こたびの一件、表には現れませんが、幕閣ではいろいろと思案なされたようで

す。横須賀藩ではお家断絶も覚悟されたそうな」

とにかく二人は藩邸の外に出て、ほっとした。

「坂崎さん、神田川の向こうに美味しい魚を食べさせる店があります。一献差し上げたい」

「まさか、どなたかが待ち受けておられるのではないでしょうね」

「ご心配なく、今度は二人きりです。私も堅苦しいのは御免です」

「よかった」

気兼ねのいらない友同士ならばと二人は笑い合い、昌平橋を渡った。

淳庵が魚の美味しい店と自慢した小料理屋は気さくな店構えで、二人で二合の酒を分け合って飲み、その後、おこぜの煮付けで昼餉をとったのだ。

その一刻(二時間)余り、二人はあれこれと気の張らぬ談笑を交わした。

「大変馳走になりました。次は中川さんに宮戸川の新名物、鰻の白焼きを食べてもらいます」

「それは楽しみです」

磐音と淳庵は昌平橋際で別れた。

夕暮れ前、微醺《びくん》を帯びた磐音は今津屋の前を通りかかった。

出入りの駕籠伊勢《いせ》の駕籠が止まる今津屋の店先に顔を覗かせると、外出仕度の老分の由蔵が、

「よいところに顔を出された」

と手招きした。

「なんぞ御用でございますか」

「差し支えなければ、愛宕《あたご》権現社の裏手までお付き合い願えませぬか」

「承知しました」

と二つ返事で請け合う磐音に小僧の宮松が、

「坂崎様がご一緒なら安心だ」

と言いながら姿を見せた。

「宮松どのも老分どののお供か。よろしくな」

由蔵が駕籠伊勢の駕籠かきに、

「駕籠屋さん、話しながら行きますすで、後ろから付いてきてくださいな」

と命じて磐音と肩を並べた。

数日前までの余寒は江戸の町から去って、風もない長閑な日和《ひより》が続いていた。

「せっかくの駕籠です。お乗りになったらいかがですか」

「駕籠は私のためではないのでな」

と不思議なことを由蔵が言った。だが、それ以上の説明はしなかった。

磐音も訊こうとはしなかった。必要ならば由蔵が話してくれると思ったからだ。

「老分どの、今日は肝を冷やしました」

と酒井家の当主に会ったことを告げた。

「ほう、若狭小浜藩の殿様にお会いになられましたか。それだけ忠貫様が淳庵先生のことを大事に考えておられる証《あかし》ですな」

「その席に御小姓組の赤井主水正様がおられまして、心強いことでした」

「三千二百石の赤井様がなあ。これは坂崎様、瑞祥《ずいしょう》かもしれませんぞ」

「はて、どのような」

「赤井様は上様の側近のお一人、酒井忠貫様も老中のお家柄。こたびの騒ぎの解決に坂崎様が尽力なされたことが、上様のお耳に達しているということです」

「老分どの、それは努々《ゆめゆめ》ございますまい。忠貫様の茶の席に赤井様がおられたのは偶々《たまたま》のことにございます」

「まあ、見ておられよ」

と軽く由蔵は胸を叩いた。

「そうそう、それにまた、おこんさんを口説きに絵師の北尾重政が店に顔を出しましてな」

「相変わらずおこんさんは絵師どのに色よい返事はなさらぬのですか」

「おこんさんはこの一件には頑《かたく》なです。北尾重政も苦笑いをしていて、打つ手がない」

と由蔵も苦笑してさらに言った。

「おこんさんの気持ちも分からぬではないが」

「おこんさんの気持ちとは」

「坂崎様の胸の内を考えてお断りしているのです」

「それがしと関わりがあると言われるので」

「北尾重政は奈緒様、いや、今や吉原で人気の花魁白鶴を描いて売り出した絵師。おこんさんは自分が描かれることで坂崎様の胸を新たに煩わすと考えているのではありませんかな」

「さような心配は無用です」

「女心は微妙ですぞ」

磐音は黙したまま歩いた。

十軒店本石町の辻を曲がった。

「そういえば、北尾重政が吉原の話をあれこれしていきました。近々、客に花魁衆の人気一を選ばせる催しをやるそうで、どこの妓楼《ぎろう》でもうちの花魁がなんとか三本の指に選ばれぬかと、右往左往しているそうです」

「なぜそのようなことを」

「坂崎様、吉原の花魁の中でも松の位を太夫と呼ぶことをご存じですな」

「はい」

「ですが、ただ今の吉原には太夫はおりません。あれはただの呼称です」

「さようですか」

としか磐音には答えようがない。吉原には亡き小林琴平を迎えに行った程度で詳しくはなかった。

「太夫と認められた花魁がいたのは宝暦の頃（一七五一〜六四）までで、以来、呼称として使われているだけのことです。そこでこたび、十数年ぶりに太夫を選ぼうという企てだそうにございます」

「それを遊客に選ばせるというのですか」

「どうやらそうらしい。桜の咲く弥生《やよい》三月にはもっとも人気の高い三指の花魁が選ばれて、安永の新太夫の位を授けられるのだそうです。むろん美貌、教養、人柄などが加味されてのことでしょう」

「遊里もいろいろ催しをして客を誘われるのですな」

「客寄せです。ですが坂崎様、そのようなのんびりしたことでよろしいので」

「はて、どういうことですか」

「奈緒様、いえ、白鶴が安永の新太夫になるかどうか、こたびの企てにかかっているのですぞ」

「老分どの、もはや、奈緒どのは遠い昔の記憶にしかござらぬ。今、吉原におられる白鶴は別の女子にございます」

「そうではございましょうが」

と言った由蔵もそれ以上は追及しなかった。

一行は空駕籠を従えて日本橋を渡り、東海道を黙々と宇田川町《うだがわちょう》まで歩き、増上《ぞうじょう》寺《じ》の北側の塀に沿って、愛宕権現社との間の切通しを抜けた。

由蔵が訪ねたのは、老中を務める石見《いわみ》浜田《はまだ》藩六万石の松平周防守《すおうのかみ》康福《やすよし》の江戸藩邸だ。

駕籠伊勢の駕籠と小僧の宮松は門内に入った。

だが、磐音は遠慮して、道を挟んだ反対側の天徳寺の山門前で待つことにした。両替商今津屋の老分が浪々の侍を従えて大名家に出入りしたなど、双方にとって決してよいことではなかろうと思ったからだ。

磐音は暮れなずむ黄昏《たそがれ》を見ながら、半刻（一時間）ほど待った。

宮松が今津屋の名入りの提灯を点して、駕籠と由蔵を先導するように出てきたのは、六つ半（午後七時）の頃合いだ。

今度は切通しを抜けずに行くつもりか、西久保通りへと曲がった。

駕籠伊勢の駕籠の人物はだれであろうかと駕籠を見て、

（これは人ではないな）

と磐音は思った。

磐音はすいっと由蔵のかたわらに従った。

「お待たせしましたな」

「ご老中を務められる松平様でもお手元が不如意ですか」

「先代はお役に就かれませんでした。その折り、参勤交代の路銀にも困られたことがございましてな。諸々、二千両ほどを都合したことがございます。さらに二年前には江戸屋敷が火事を出す騒ぎがございまして、返済が延び延びになっておったのです。ですが今日の昼前、突然、ご家老様から書状が届きまして、返済していただくことになったのです」

「さすがは老中ですね、景気がいい。駕籠には千両箱が二つ載っているのですね」

「さよう」

「それを、老分どのと宮松どのが受け取りに行こうと考えておられたのですか」

「いえね、昼前にそのような使いをいただきましたので、金兵衛長屋に小僧を走らせました。ですが、坂崎様は宮戸川から神保小路の佐々木道場に向かわれたと知りましてね、帰りにはお立ち寄りになろうかと待っていたところです」

「間に合ってよかった」

夕闇が濃くなり、宮松の提げる提灯の灯りがただ一つの頼りになった。

西久保通りは肥後《ひご》人吉《ひとよし》藩の上屋敷の塀にぶつかり、藪小路《やぶこうじ》へと曲がった。この界隈は、大名家の上屋敷が軒を連ねる一帯だ。人の往来も少なく、なにかあるとすれば一番危ない場所だ。

藪小路から愛宕下通りを横切り、佐久間小路から稲荷《いなり》小路を抜けて、芝口町で東海道に戻った。

由蔵がふうっと安堵の息をついた。

東海道に出れば、まだ人が大勢行き来していた。まず襲われるようなことはない。

「未だ道半ばですが、一段落つきましたな」

「先は遠うござる。気を抜くのは店に帰りついてからにいたしましょうか」

なにしろ二千両を駕籠に載せての道中だ。

淳庵と飲んだ酒などとっくに醒めていた。

一行が無事に米沢町の今津屋に帰りついたのは五つ（午後八時）の刻限だった。

「お帰りなさいませ」

筆頭支配人の林蔵らに迎えられて、駕籠ごと店に入れ、千両箱を蔵に収めて鍵をかけ、ようやく磐音の役目が終わった。

「お腹《なか》が空いたでしょう。台所にいらっしゃいな」

磐音はおこんに台所に誘われた。

すでに奉公人たちの夕餉は終わっていた。

台所には由蔵と宮松と磐音の膳が三つ残されていた。

「遅くなったからお店に泊まっていらっしゃいな」

とおこんが酒の燗《かん》をつけながら言った。

（それもよいな）

と考えながら長い一日を振り返っていた。

二

磐音は六間湯の帰りに猿子橋を通りかかった。

するとどてらの金兵衛が南町奉行所定廻り同心の木下一郎太と立ち話をしていた。

堀には猪牙舟が浮かんで小者が乗っている。

「戻って来られましたよ」

金兵衛が磐音の姿を目敏く見つけて、背を向けた格好の一郎太に教えた。

「御用ですか」

磐音は濡れ手拭いを手に訊いた。

昨夜《ゆうべ》は結局、今津屋の階段下の馴染みの小部屋に泊まった。

朝早く両国橋を渡り、江戸暮らしを支える大事な宮戸川の鰻割きの仕事に出て、一刻半（三時間）余り鰻と格闘し、いったん長屋に立ち寄った後、六間湯に出向いたところだ。

「いえ、御用というほどのこともございません。非番月ですが、小耳に挟んだことがあったものですから、坂崎さんをお誘いに来ました」

頷いた磐音は、しばらくお待ちをと言って長屋に戻った。

長屋の入口に張られた竿《さお》に手拭いを干し、手早く着替えて、帯を締めた。着替えといえるほどの衣装持ちではない。

おこんが年の内に見立ててくれた山吹鼠の小袖を着流しにして帯を締め、両刀を手挟《たばさ》めば仕度は終わった。

近頃では袴も着けない着流しが多い。というのも、袴も羽織もだいぶ草臥《くたび》れて、日中に御府内で着るには勇気がいったからだ。

「お待たせしました」

すでに猪牙舟に乗り込んでいた一郎太に声をかけて、磐音も従った。

「いってらっしゃい」

金兵衛に見送られた猪牙舟の船頭が、六間堀の石垣に竿の先端を軽く突いて出した。そして、器用にも竿を櫓《ろ》に替えた。

一郎太はというと、横縞《よこじま》の着流しに巻羽織、雪駄《せった》履きというふいつもの定廻り同心の格好だが、非番のせいか、どことなくのんびりしていた。

猪牙舟は竪川に出て、大川へと舳先を向けた。

「どちらに参られます」

「山谷《さんや》堀です」

と答えた一郎太が、

「坂崎さんと絵師の北尾重政は知り合いでしたね」

「知り合いというほどでもありませんが、顔は承知しています。北尾どのになにかありましたか」

花魁白鶴の名をその筆先で江戸じゅうに知らしめた人物が、絵師の北尾重政と版元の蔦屋重三郎だ。

江戸の出版界ともいうべき書物問屋の大所《おおどころ》は、日本橋界隈に集まっていた。通油町《とおりあぶらちょう》に鶴屋喜右衛門《つるやきえもん》、村田屋治郎兵衛《むらたやじろべえ》、松村屋弥兵衛《まつむらややへえ》、通塩町《とおりしおちょう》に奥村屋源六《おくむらやげんろく》、横山町に岩戸屋喜三郎《いわとやきさぶろう》、そして馬喰町《ばくろちょう》には西村屋与八《にしむらやよはち》、大丸屋小兵衛《だいまるやこへえ》と商いを競っていた。

だが、蔦屋は吉原の五十間道という異色の場所で看板を掲げた新興の版元だ。

この重三郎が身代を賭けて上梓した北尾重政の筆になる『雪模様日本堤白鶴乗込』の浮世絵は当たりに当たり、蔦屋の版元としての基礎を築いたのだ。

同時に絵師北尾の名声もこの成功で上がった。

「小耳に挟んだのですが、絵師が襲われたらしいのです」

「北尾どのが」

「はい。なんでもこの度、吉原が催す太夫選びに絡んでのことではないかと噂されているそうです。そこで坂崎さんをお誘いしたのです」

「それがしは吉原とは関わりがございませんが」

「おこんさんが度々北尾に誘われていることもございます。まあ、後学のためと思うて付き合ってください」

一郎太はむろん、白鶴が磐音の許婚だった奈緒であることを承知していた。

磐音が陰ながら白鶴の身を案じていることを知っているがゆえに誘ったことだった。

磐音は一郎太の気遣いを黙って受け入れることにした。

「坂崎さんにはちと差し障りのあることかもしれませんが、この度の吉原の新太夫選びは早や、巷でえらい評判でしてね」

「遊客が選ぶと聞きましたが、たれでも入れ札をしてよいのですか」

一郎太は首を横に振った。

「仲之町に店を構える七軒茶屋を筆頭に、吉原の遊里の内外に百五十余軒の茶屋があります。ご存じとは思いますが、並の客以上ならばまず茶屋に立ち寄って、妓楼に向かう。妓楼での揚げ代はこの茶店で支払われます」

磐音は、亡くなった小林琴平が居残ったとき、何度か迎えに行ったことがあるので、そのくらいの習わしは承知していた。

「つまり遊客の懐具合を承知しているのは妓楼よりも茶屋です。そこで、各茶屋の上客に太夫を決める入れ札を与えようという考えのようです」

「何人ほどになりますか」

「吉原では五百人ほどに絞りたいそうですが、われもわれもと自薦する者が相次いでいると聞きました。さすがに吉原は見栄の世界ですね、遊冶郎《ゆうやろう》が多い。そんな中での騒ぎです、笹塚様も芽が大きくならぬうちに始末しておけと私に命じられたのです」

一郎太もそれ以上のことは知らぬ様子だ。

大川に出た猪牙舟は両国橋下を潜って上流を目指す。

穏やかな日和だが、北風がゆるく吹き付けて川面に縮緬皺《ちりめんじわ》が立っていた。

一郎太がふいに話題を転じた。

「横須賀藩の西尾家から、奉行の牧野成賢様にお詫びの使いが差し向けられたようです」

「西尾忠需様にお咎めはありませんでしたか」

「城中にて、老中、大目付同席の上、きついお叱りがあったそうですが、格別に沙汰《さた》はなかったそうです。そのお礼です」

「よかった」

「それもこれも坂崎さんが騒ぎを内輪に鎮められたからです。笹塚様は奉行に呼ばれて、お褒《ほ》めの言葉を頂戴されました」

「お喜びでございましょう」

「いえ、大名家の後始末をしても一文にもならぬとぼやいておいでです。今日、坂崎さんに会うと報告いたしますと、二人して金になる騒動を見つけてこいと命じられました」

一郎太が苦笑いし、

「南町の知恵者与力どのがもう少し金子に厳しくなければよいのだが」

と磬音も応じた。

笹塚孫一は捕り物などで押収した金子の全額を幕府の勘定方に差し出すことなく、その一部を町奉行所に保管していた。それらは私用に使われるのでなく、すべて探索の費用に充てられていた。

二人ともそのことを承知していたので、言葉ほど腹立たしく思ってはいなかった。

「近頃、うまい話がないことも確かです」

「とは申せ、笹塚様のお望みの騒動がそうそう転がっているわけもございません」

二人が言い合ううちに猪牙舟は御米蔵を通り過ぎ、吾妻橋下を抜け、山谷堀との合流部へと接近していった。

「北尾重政の長屋は、待乳山聖天《まつちやましようでん》裏にあるそうです」

猪牙舟は山谷堀へと入り、今戸《いまど》橋際の船宿の船着場に止められた。

小者が船宿まで、御用ゆえしばらく舫わせてくれと頼みに走った。

一郎太と磬音は小者の帰りを待って、待乳山の背後へと廻った。

待乳山は高さ六間ほどの丘だ。

言い伝えによれば自然の地形ではなく、その昔、造成されて、聖天宮が祀《まつ》られたという。本尊は男女和合歓喜天巾着《かんぎてんきんちゃく》と、二股《ふたまた》大根の紋とか。

吉原通いの男たちが祈願して土手八丁へと繰り出すそうだが、まだ刻限が早かった。

絵師北尾重政の長屋は、浅草寺領の、裏手は畑でどことなく鄙びた場所に建っていた。が、大家が言うには、

「絵師の旦那かえ、銭を借りに五十間道に行きましたよ」

と留守だった。

「蔦屋に行ったたか」

「そこしか金を借りるところはありませんや」

「店賃《たなちん》が溜まっているのか」

「へえ、店賃ばかりか米、味噌、酒代と、あちらこちらから催促されてまさあ」

「売れっ子と思ったが、絵師とはさように銭にならぬものか」

一郎太が嘆息した。

「なあに、北尾の旦那はさ、絵の具や筆や紙には糸目はつけねえで買い込みなさ

る。そのせいで暮らしには銭が回らないのさ」

粋な装いの絵師の陰にそのような苦労があるとは磐音は思わなかった。

「怪我をしたということだが、出歩いて大丈夫なのか」

「利き腕の右手を庇ったそうで、左肩に怪我を負ったが、大したことはないようだ。貧乏絵師を襲っても一文にもなるまいになあ」

と嘆息する大家に礼を言った一郎太らは、待乳山裏から日本堤に戻った。

土手八丁とも呼ばれる土手には昼遊びの武家が深編笠《ふかあみがさ》を被り、ちらほらと衣紋《えもん》坂《ざか》へと向かっていた。

旗本御家人にしろ、大名家の奉公人にしろ、夜は屋敷にいるのが決まりだから、武家の吉原通いは昼間になる。

磐音は複雑な気持ちで、見返り柳が立つ衣紋坂に辿りついた。

蔦屋重三郎が日本橋界隈の大手に抗して、五十間道の左手で鱗形屋《うろこがたや》から毎年発行される『吉原細見《さいけん》』の卸し、小売りを始めたのは安永二年（一七七三）、二年前のことだ。

一郎太らは衣紋坂から五十間道の引手《ひきて》茶屋《ぢやや》蔦屋次郎兵衛《じろべえ》の横手の軒先を借り受けた、版元小売りの店に立った。

五十間道に面する間口一間余の店には、吉原の案内ともいうべき『吉原細見』が並んでいた。そして、奥の畳の間で二人の男が茶を飲んでいた。

一人は北尾重政だ。左肩が異様に膨らんでいた。着物の下に包帯をしているせいか。

「おや、木下様、御用ですかえ」

もう一人の男が一郎太に声をかけた。

蔦屋重三郎だろう、ということは一郎太と知り合いか。

「絵師が怪我をさせられたというので見舞いにな」

「狭いところだがお上がりくださいな」

小者を外に待たせた一郎太と磐音が店先から奥へと通った。

北尾が磐音の顔を見て、訝しそうな顔をした。

黄表紙などが積まれた間に一郎太と磐音が座り込み、重三郎が台所に茶の仕度に立った。

「あなた様は、今津屋のおこん様の知り合いにございましたね」

「これまでも両国橋上などでお会いしました、坂崎磐音と申す浪人者にございます」

「南町とつながりがございますので」

「はあ、それが……」

と返答に詰まって苦笑いする磐音のかたわらから、

「坂崎さんの直心影流の腕と知恵を、ときに南町がお借りしておる仲でな。さる西国の大名家の国家老のご嫡男だ」

「家老のご嫡男が浪々の身ですか」

「事情《わけ》がございまして藩を離れました」

北尾重政の顔色が変わった。なにか思いついたようにふいに立ち上がると、

「親方、預けてある画帳を見せてもらうよ」

と奥へ断ると、壁際の棚に重ねられた画帳から一冊を抜き出し、

「これだこれ」

と呟いた。

「一年前のことにございます。白鶴が吉原に花魁道中を組んで賑々《にぎにぎ》しくも乗り込まれた。その折り、この五十間道で尾張熱田《あつた》のやくざ者が白鶴を襲おうとしたことがありましたな。そのとき、一人の浪人があっという間に棒でもってやくざどもを蹴散らした」

北尾は画帳を二人の前に広げた。

そこには、磐音が駕籠かきから借り受けた息杖《いきづえ》で熱田の勘蔵《かんぞう》らを叩き伏せる一瞬が鮮やかに切り取られていた。

「このお侍は坂崎様にございますな」

「絵師の目、恐るべし」

と嘆息したのは一郎太だ。

「やはりそうでしたか」

と答えた北尾が、

「花魁白鶴と坂崎様は関わりがございますので」

とさらに訊いた。

「なぜ詮索《せんさく》いたす」

沈黙する磐音に替わって一郎太が応じた。

蔦屋重三郎が盆に茶を運んできて、黙ってやりとりを聞いていた。

「白鶴は吉原三千人の遊女を代表する花魁の一人に、この一年で駆け上られました。そんな花魁を陰で支えるお侍がいる。その理由《わけ》をだれしも知りたいと思いませんか」

「知ってどうする」

「さて、商いの種にするも私たちの胸に仕舞い込むも、返答次第にございますよ」

北尾重政が答え、蔦屋重三郎が頷いた。

一郎太の語調が険しく変わっていた。

「正直に話すなら秘密を守るというか」

「江戸っ子の端くれ、遊女の過去をあげつらって金を稼ごうなんて気は微塵《みじん》もありませんや」

よし、と合点した一郎太が磐音の了解をとるように顔を見た。

「木下どのにお任せします」

磐音の言葉に一郎太が頷き、

「二人の関わりを話せばよいのだな。だが、これが瓦版にでも載るようなことがあれば、このおれがどんな理由をつけてでも北尾重政、蔦屋重三郎の二人を小伝《こでん》馬町《まちよう》に引っ立て、生涯、江戸の土地を踏めないようにするぜ」

と言い切った。

「木下の旦那、江戸っ子の端くれと北尾重政がお答えしましたぜ。蔦屋にも二言はない」

一郎太は茶を喫して喉を潤すと静かに話し出した。

「この坂崎さんと白鶴こと小林奈緒様は許婚であったのだ。その二人を非情にも引き離したのは藩の騒動だ」

「なんと」

「そのようなことが」

二人が口を揃えるように驚きの言葉を発し、絶句した。

「坂崎さんは奈緒様の後を肥前《ひぜん》長崎から豊前《ぶぜん》小倉、長門《ながと》の赤間関《あかまがせき》、京の島原《しまばら》、加賀の金沢と、遊里を追って歩かれた。だが、遊里を転売《まわ》される度に奈緒様の値は跳ね上がり、もはや坂崎さんにはどうすることもできねえ。そこで坂崎さんは吉原の外から奈緒様の幸せを願う道を選ばれたのさ」

磐音は自らの宿命を他人に話されるという痛みに耐えた。それがよかれと思う一郎太の心をよく理解できたからだ。

「坂崎様、つまらぬ詮索をしてしまいました。申し訳ございません。北尾重政、坂崎様のお心を煩《わずら》わすことだけはいたしません」

北尾が頭を下げ、重三郎も倣った。

「木下の旦那、坂崎様、今、吉原でなにが行われようとしているかご存じですね」

　蔦屋重三郎が顔を上げて、訊いた。

「途絶えていた太夫の位を作るそうだな」

「松の位の太夫が三人、それに準ずる太夫が五人、八人が選ばれます」

「馴染み客が選ぶそうだが」

「妓楼の主《あるじ》は抱えの花魁を選んでもらおうと、必死で客に媚《こび》を売っていますさあ。なにしろ太夫に選ばれれば、引手茶屋も妓楼も千客万来の繁盛間違いなしだ」

「そなたが襲われた理由も、この太夫選びに関わりがあると申すか」

　一郎太がその日の用事を告げた。

「はっきりはしませんが、まずその線かと」

　と答えたのは蔦屋だ。

　一郎太が北尾を見た。

「太夫選びの入れ札までにはふた月ほどございます。そこで、各妓楼では売れっ子の花魁の浮世絵を新たに描かせて、大事な客に配ろうと考えているところもございます。蔦屋と私にも注文がございます」

「ですが、注文をすべて捌くには時間《とき》がございません。十の注文のうちの多くは断ったのでございます」

「ほう、それで」

と北尾が説明し、重三郎が補足した。

「なにしろ白鶴で名を上げた北尾重政に描いてもらいたいと、注文は十なんてものじゃねえんで。ですが、この北尾って絵描きは、好みに煩《うるそ》うございましてねえ。あの楼の花魁は己の好みに合わないとなると、あっさり注文を断りますんで」

「受けたのより断ったほうが多いんだな」

「むろんでございます。丁子屋《ちょうじや》の白鶴は、受けた数少ない花魁の一人にございます」

「蔦屋、断られた妓楼が恨みに思って、この絵師を襲ったと推測がつけられるのか」

「まずそんな見当にございましょう。だが、この御仁、結構頑固者でしてね。襲った相手の正体も承知のはずだが、どこの妓楼の差し金だったか、わっしにも話さねえんで」

それだけ北尾重政の絵師としての腕前が評価されているのだ。

「北尾、おれにも話す気はないか」

「親方に話さないものを旦那に話せるわけもない。怪我だって大したことはございませんや。なにもお上の手まで煩わす話じゃない。放っておくに限りますよ」

「一度あることは二度あるぜ。大事になる前に始末しておいたほうがいいと思うがな」

「旦那、襲われた当人がいいと言っているんだ。こっちの詮索も、このへんでうっちゃっておいてくださいな」

と北尾重政が答え、一郎太も打つ手を失った。

三

〈坂崎磐音殿　長らくの無沙汰申し訳なく思いおり候。知っての通り、藩物産の集荷、検査、価格決定と為《な》すべき事多かれど、慣れぬ作業ゆえ遅々として進まず。一番の難事は、海産物、乾物を生産する領民及びそれを買い集める藩士の無知識に御座候。一つひとつ気長に説得し、解決していくより他に途はなく、下城が深夜に及ぶ事多々あり。更なる難題は藩の資金不足に御座候。漁師、百姓への前渡し金にも不足し、なかなか集荷が困難に候。是、父の愚痴《ぐち》に候。

磐音殿、多忙を理由に、そなたに知らせるべきが後回しになりし一事あり。お詫びとともに報告致し候。

この度、伊代、御旗奉行井筒洸之進様嫡男源太郎殿と婚儀整い、弥生吉日十四日に祝言を挙げる事と相成り候。兄であるそなたには結納前から相談致すべき処、父の怠慢により通知がただ今になった事、深くお詫び申し上げ候。

照埜《てるの》も伊代も、なぜ磐音が祝言の席に呼ばれてはなりませぬかと再三父に談判に及びしが、事情はどうあれ、自ら藩を離れたそなたを国許に呼び戻し、内輪とはいえ家中の方々が列席なされる祝言の場に同座させること叶《かな》わず。

磐音殿、こたびの伊代の祝言欠席の事、父の苦衷を酌まれん事を願い上げ候。申し訳なきことに御座候……〉

磐音が金兵衛長屋に戻ると父正睦からの書状が待っていた。

磐音は父からの久しぶりの文を正座して読みながら、便りが遅れた理由が痛いほど理解できた。

母親の照埜と妹の伊代の願いに正睦は煩悶《はんもん》し、悩んだ末に、なかなか文を書くことができなかったのだ。

〈昨夜、下城の刻限になりし頃、実高様の急なお呼びに奥へと参じると、実高様は膳を用意しておられ、藩一丸となって節約の折なれどそなたと一献傾けたいと思うて呼んだ、と仰せられ候。

久方ぶりに実高様と四方山《よもやま》話をしつつ浅酌致せしが、実高様には突然、正睦、すまぬのう、伊代の婚礼に兄の磐音を呼ぶ事叶わず、偏に実高の罪科じゃ、磐音には参勤上府の折り詫びようぞ、と仰せられし時、不覚にも父は号泣致し候。

磐音殿、実高様の御心を酌んでこたびの伊代の祝言欠席の事、父からも重ねてお頼み申し候。

またそなたの尽力により、藩物産を積みし借上げ船江戸表に出帆近し事、報告致し候〉

磐音は父からの書状をゆっくりと巻き戻した。

父の悩み、母と妹の望み、そして、藩主実高の心情が心に染み入って、しばし望郷の想いに浸った。

(そういえば、祝言の品々もそろそろ関前に届いてよい頃かな)

と考えていると、

「浪人さん、いるかい」

と幸吉の声が戸口でした。

「幸吉どの、どうしたな」

腰高障子が引かれて、幸吉が顔を覗かせた。後ろにはおそめの姿も見えた。

「ちょいとばかり顔を貸してくれねえか」

真剣な表情の幸吉に頷くと、先ほど抜いた大小を腰に戻した。

七つ（午後四時）を過ぎた刻限か。

外で話すには冷たい風が出ていた。

「ちと歩くが、地蔵蕎麦まで参ろうか」

幸吉が重々しく頷いた。

珍しく押し黙った幸吉とおそめを伴い、法恩寺橋際の地蔵蕎麦の暖簾を潜った。

「これは珍しい組み合わせですね」

竹蔵親分が釜《かま》の前から笑いかけた。

「親分、ちと相談事だ。座敷を貸してもらえぬか」

「刻限も刻限だ、客はいねえや。どうぞ好きにお使いくだせえ」

親分に言われて、奥の小部屋に通った。

幸吉とおそめが硬い顔で並んで座った。

「どうしたな、普段の幸吉どのではないが」

ああ、と答えた幸吉だが、どこから切り出してよいか迷うふうだ。

「坂崎様、あたしが話します」

おそめが幸吉の顔を見ながら言った。頷く磐音に、

「幸吉さんに奉公の話が来たのです」

磐音はあっと思った。

ついつい幸吉の年齢を気にかけていなかったが、商人《あきんど》や職人のもとに住み込み奉公する時期が来ていた。

江戸期、十三、四歳で親元を離れ、手に職をつける奉公に励んだ。

幸吉の父親磯次《いそじ》は叩き大工で稼ぎも少なく、幸吉が鰻捕りをして家計の手助けをしてきたのだ。それに幸吉の他に三人の弟妹がいた。

「幸吉どのは、はや十四になられたか」

「奉公にゃあ、遅くはねえや」

「奉公話はどちらから舞い込んだな」

「親父の知り合いが薬種屋の住み込み奉公を持ってきやがった。親父はその気だ」

「奉公が嫌いか」

顔を横に振った幸吉が、

「薬屋なんて辛気臭えや」

と答えると、おそめが、

「幸吉さんは、商人よりも職人が肌に合っているというのです」

「職人というても、親父どののような大工から左官、錺職《かざり》といろいろだぞ」

磬音が答えたところに竹蔵が熱燗と大福と茶を運んできた。

「幸吉、おそめ、おめえたちには甘いもんだ。蕎麦は話の後だ」

竹蔵が磬音に盃を渡し、酒を注いだ。

だが、磬音は盃を膳に置いた。

「親分も相談に乗ってもらえぬか。幸吉どのに奉公話が来て、悩んでおるというのだ」

磬音が事情を説明した。

「まあ、幸吉ならば商人よりも職人が向いていましょう」

と応じた竹蔵が、

「幸吉、おまえに望みはねえのか」

「親父のような叩き大工はいやだ。なるなら棟梁《とうりょう》と呼ばれる頭《かしら》になりてえ」

「望みは大きいほうがいい」

竹蔵も幸吉の考えが摑めず曖昧に答えた。

「幸吉どの、父母のもとを離れて奉公に出ることはよいのだな」

「うーん」

と生返事が返ってきた。

「坂崎様、幸吉さんは深川を離れたくないというのです」

おそめの言葉に幸吉の気持ちが磐音にも理解できた。

「そりゃあ、おっ母さんやおそめと顔が合わせられるところがよいわな」

竹蔵の言葉に幸吉の顔が少し赤らんだ。

「それもあるがよ……」

「どうした、いつもの幸吉どのらしくないな」

「おれは、鉄五郎親方みてえに鰻屋になりてえ」

磐音に言われて、
と叫んだ。

「これは迂闊だったな。足元が見えなかった」

幸吉は子供の頃から鰻捕りの名人だ。鰻の習性にも扱いにも慣れていた。それにこの安永期頃よりぼつぼつ江戸にも鰻屋の看板を掲げる店ができてきて、ようやく鰻の美味しさが江戸の人々の口にのぼり始めていた。

宮戸川は鰻屋の先達の一軒だ。

「こいつはいいところに目をつけたかもしれませんぜ。うちの商売と違って、これからの商いだ」

「幸吉どの、鉄五郎親方がうんと申されれば、住み込み奉公をしてもよいのか」

「ああ」

「ならば明日にも親方と相談してみよう。それでよいか」

「浪人さん、うちの親父にも言い聞かせてくんな」

「承知した」

「助かった」

幸吉の顔にようやく笑みが戻った。

磐音もひと安心してようやく盃の酒に口をつけた。

翌朝、宮戸川で鰻割きの仕事が終わった後、磐音はいつものように鉄五郎親方と朝餉を共にした。

鰻割きの仕事は朝餉付きで百文の稼ぎであった。

磐音はこの場で幸吉の願いを話した。

「おや、幸吉がそんなことを」

鉄五郎親方の顔が嬉しそうに笑み崩れていた。

「いかがでござろうか」

「幸吉ならば文句はありませんや」

二つ返事で親方が受けてくれ、磐音も、

「仲介の役を果たせました」

とほっとした。

磐音は六間湯に立ち寄った。すると緊張した様子の幸吉が湯船の中で待っていた。

「浪人さん、親方はなんだって」

「そなたならば文句はないと、即座に承知なされた。幸吉どのの日頃の働きを見てのことだろう」

「よかった」

幸吉の顔からこわばりが消えた。

「鉄五郎親方はこうも申された。おれが厳しく一人前の鰻職人に育ててやる。幸吉が望むなら、先々宮戸川の暖簾分けも考えようとな。幸吉どの、あとはそなたが鉄五郎親方の心にどう応えるかだけだ」

「やるよ、一から修業するよ」

「あとは親父どのの説得だけだ。今晩にもそなたの長屋を訪ねるが、よいな」

「浪人さん、このとおりだ」

と幸吉が頭を下げた。

長屋に戻ると木下一郎太の小者が木戸口で待っていた。

「どうなされたな」

「吉原五十間道までお越し願えますか」

磐音は北尾重政がまた襲われたなと思った。

「しばらく待たれよ」

磐音は長屋に戻ると着替えをしながら、夕暮れまでに戻れるか考えていた。

磐音が小者に案内されて五十間道の蔦屋を訪ねると、当人の北尾重政が、

「いらっしゃい」

と挨拶した。

「どこぞ異変があったようには見えぬが」

「今度は私じゃありませんや」

と苦笑いした絵師は、

「木下の旦那は堀向こうでお待ちですよ」

と場所を教えた。

北尾が告げたのは元吉町の慶春寺の離れだ。

慶春寺は住職と小僧二人だけの小さな寺であった。

灯りがちらちらとする離れは本堂と庫裏と荒れた墓地に挟まれて建っていた。

人影が見える離れには一郎太の他に磐音の顔見知りの人物、官許の遊里の自治と治安を守る総取締り、吉原会所《よしわらかいしょ》の頭取《かしら》の四郎兵衛《しろべえ》がいた。

「お久しぶりにございますな」

「四郎兵衛どの、ご無沙汰しております」

磐音は頭を下げた。

深川の鍛冶《かじ》職人弓七《きゅうしち》の道楽のために女房のおしずが吉原に身を落とした出来事に絡み、磐音は四郎兵衛と知己を得ていた。

離れの部屋には画材、絵の具、描きかけの絵、無数の筆、大徳利、茶碗などが散らばり、その真ん中に老人が痩せた脛《すね》を出して死んでいた。

「なんと」

磐音が思わず驚きの声を洩らしたのは、右手の手首から先が斬られていたからだ。さらにうつぶせになった首筋から血が流れて出ていた。それが致命傷になったようだ。

「坂崎さん、この離れの主の絵師川流一伯《かわながれいっぱく》です。一伯は変わり者の絵師でしてね、美人画を描かせたら当代一と呼ばれたこともある男です。だが、酒で身を持ち崩して、絵が荒れ、客が離れた。それでも一伯の絵の凄《すご》みは捨て難い。近頃では吉原に出入りしていたそうです。見てください」

と一郎太が磐音に示したのは遊女の立ち姿だ。だが、それは客と交合した後、厠にでも立つ一瞬で、全身に官能の余韻が漂い、一郎太の言う、

「凄み」

が伝わってきた。

「半籬《はんまがき》松野楼の雪茜《ゆきあかね》です」

と四郎兵衛が遊女の名を告げた。

むろん吉原の遊女が廓《くるわ》の外に出られるわけもない、一伯が吉原の松野楼で観察した風景を写生したものだろう。

「北尾重政と川流一伯の画風はまるで違いますね」

「そう、重政には気品がある。だが、一伯のそれは本能に従って描く。まるで正反対です」

一郎太が答えた。

磐音は話題を転じた。

「下手人は相当の遣い手ですね」

「手を掛けた者は、たれぞに雇われた殺し屋でございましょうな」

四郎兵衛が答えた。

磐音は一郎太の目顔の命に応えて絵師のかたわらに膝をつき、手首と首筋の斬り口をとっくりと確かめた。

非情にして残忍、鮮やかな手練《てだ》れだ。

「手首はどこにございますので」

「それが不思議なことに、斬り落とした手首が見つからないのです」

磐音は斬り口からして左利きの者ではあるまいかと推測した。一伯の体の傾き加減と手首の傷の流れ具合から推量したことだ。

「北尾どのが襲われたのと同じ線ですか」

「少なくとも動機は一緒でしょう。だが、先の一件は肩口の打撲程度で終わり、こちらはこのように迷いなく殺害している。襲ったのは別人でしょう」

と一郎太が明快に答え、

「四郎兵衛どの、太夫選びが過熱しているようだ。止める気はございませんか」

と念を押した。

「木下様、これで止めれば騒ぎはさらに広がります。安永の新しい三太夫の位を設けることは吉原の総意にございますよ」

「となればこの騒動の背後の人物を暴き出すしかないが、吉原に別の騒ぎを引き起こしますよ」

「木下様、わざわざ非番月の南町の笹塚様にお願いしたのもそこにございます」

吉原は南北町奉行所支配下にあった。

隠密廻《おんみつまわ》りの与力が管轄《かんかつ》して、大門左手の面番所にはその手下《てか》の同心小者が常駐していた。むろん南町の月番ならばその与力も同心も笹塚孫一の支配下にあった。だが、今は北町奉行所が月番だ。

吉原面番所の町方役人は代々節季には包金を貰い、食事も二の膳三の膳付きの豪奢《ごうしゃ》なもので、送り迎えも舟という厚遇に骨抜きにされていた。

四郎兵衛は自ら都合のいいように骨抜きにした面番所に頼らず、南町の知恵者与力の融通無碍《ゆうづうむげ》な探索にこの件の解決を願ったようだ。

磐音は笹塚が一枚嚙んだ話かと納得した。

「会所でも、腕ずくでよからぬことをしようという妓楼の主を暴き出します。判明した暁にはすぐにも木下様にお知らせします」

「承知した」

と答えた一郎太は、待機していた小者たちに川流一伯の亡骸《なきがら》を運び出せと命じた。

一郎太と磐音は四郎兵衛とともに山谷堀を渡り、見返り柳の所まで戻ってきた。

ふいに四郎兵衛が磐音に言った。

「坂崎様、丁子屋の白鶴は、歴代の高尾《たかお》に引けをとらない花魁に育とうとしていなさる。大輪の花を咲かせなさるのもそう遠いことではありますまい」

磐音は黙って四郎兵衛の顔を見ていた。

吉原の治安と自治を実際に司る四郎兵衛は、白鶴と磐音の関係を承知している数少ない人物だった。

「悪い虫がつかぬよう、しっかりとこの四郎兵衛が守っておりますでな」

磐音はただ頭を下げた。

四郎兵衛は頷き返すと大門へ下っていった。

一郎太と磐音は日本堤を今戸橋へと向かった。その背後には一郎太の小者が間をおいて従ってきた。

「絵師一伯を殺した人物に心当たりがありそうですね」

磐音が一郎太に訊いた。

「ございます。先ほど一伯の斬り口を見て直ぐに思い出しました」

昼見世に通う遊客たちが磐音たちと擦れ違って吉原に向かっていた。

「私がまだ見習い同心だった頃のことです。小手を斬り飛ばして竦んだ相手の首筋に必殺の一撃を撃ち込む辻斬りが、その数年前の夏から秋口に横行したことがございました。殺されたのは四人ですが、馬庭《まにわ》念流《ねん》の達人小口《こぐち》隆右衛門《りゆうえもん》どのをはじめ、名立たる剣客にございました。われらは正体を見せぬ辻斬りを、小手斬り左平次《さへいじ》と呼んでおりました。どうもこたびの川流一伯殺しは、小手斬り左平次の仕業のように思えるのです」

「左平次は左利きなのですね」

「そう睨んでいます」

と答えた一郎太は、

「小手斬り左平次が金に困ったか、殺しの世界に戻ってきたとなれば大事です。吉原の太夫選びどころではない。笹塚様に報告して、今後の探索を相談します」

と言って足を早めた。

四

数日、南町奉行所からはなんの音沙汰もなかった。

磐音は久しぶりに今津屋を訪ねようと両国橋を渡りかけた。すると欄干のかたわらから、

「坂崎さん」

と呼ぶ声が聞こえた。振り向くと、画帳を広げ、手に筆を持った絵師北尾重政

が立っていた。橋を通る娘たちを写生しているのだ。

「おこんさんにまた断られました。その理由はどうやら坂崎さんにありそうだ」

「さようなことはござらぬ」

今津屋を訪ねた気配の北尾に磐音は否定した。

「いえ、あると見ました」

と笑った北尾が、

「川流一伯を殺した者が脅迫してきました」

とふいに話題を変えた。

「変わり者の絵師の二の舞になりたくなかったら、黙って注文を受けろ、という投げ文を長屋に届けてきました。むしゃくしゃしたので町に出てきたところです」

「投げ文はどうなされた」

「竈の火にくべました」

「北尾どの、事ここに至ればのんびりなどできません。そなたに無理に絵を描かせようという妓楼の名を町方に告げるべきです。そなたが亡くなれば浮世絵が廃《すた》れる。泣く女も男も沢山おられましょう」

「泣く者ですか、せいぜい蔦屋の親方くらいかな。いえ、悲しくてではありません、借りた金の取立てができなくなるからです」

「そんなことはあるまいが、ともかく事は急ぐ」

「なにが嫌いって、私は町方役人ほど嫌いなものはない。坂崎さんなら話してもいい」

「話してください」

磐音がそう応じたのは小手斬り左平次のことが念頭にあったからだ。

「過日は町方同心の手前、見当がついているみたいなことを言いましたが、はっきりしているわけじゃない。なんとなく心当たりが三人ばかり頭に浮かぶだけです」

「その名を教えてください」

北尾は筆でさらさらと画帳に書いて、一枚を引き破った。

「あなたって人は、女だけじゃなく男の心も開く御仁だ」

磐音は差し出された紙にちらりと視線を落とし、

「川流一伯老絵師を斬った者は恐ろしく腕の立つ者です。絶対に侮ってはなりません」

と、くれぐれも念を押した。

北尾が頷いた。

「さて、そなたの身だ。それがしについておいでなさい」

両国橋を渡り、磐音は北尾を今津屋に連れていった。

「おや、また絵師どのが来られたか。今度は介添えがついておる」

帳場格子から顔を上げた由蔵が、北尾重政を伴った磐音を見た。

「老分どの、ほんの数刻でよいのです。この御仁を預かってもらえませぬか」

「絵師どのを預かれですと。まあ、おこんさんに相談してみなされ」

由蔵はなにか事情を察したように、おこんにその始末を任せた。

「おこんさんに頼んでみます」

磐音は北尾を店から奥へと連れ込んだ。行った先はいつもの台所だ。

「昼餉ならしばらく待って」

と磐音を見て声を上げたおこんが、背後に従う北尾重政を見て目を丸くした。

「おこんさん、しばらく北尾どのを預かってくれぬか。夕方までには迎えに参る」

おこんは磐音の顔を見ていたが、

「この人の首に縄でもつけて持ってろというの」

と言いながらも仕方ないという顔をした。

北尾重政は大勢の女衆が忙《せわ》しげに昼餉の仕度をしているのを見ていたが、板の間にぺたりと座り、画帳を広げて、筆を握った。すでに北尾は自分の世界に籠っていた。

それを見たおこんが小声で、

「梅雨時のなめくじ、群れをなして鳴く烏《からす》、女の尻を追っかける絵師。私が嫌いなものよ、覚えておいて」

と磬音に言った。

ぺこりと頭を下げた磬音は早々に今津屋の台所から退散した。

約束どおり磬音は夕暮れ前に今津屋に戻ってくると、なにやら嬉しそうな北尾重政に声をかけた。

絵師は今津屋の女衆の働きぶりなどをずっと写生して過ごしていたらしい。

「お待たせしました」

「坂崎さん、美味い昼餉は出る、茶は出る。活気があって居心地がいい。私は当分ここで暮らしてもよい」

「おこんさんに訊いてごらんなさい」

磐音が戻ったと聞いて奥から台所に顔を見せたおこんが、

「坂崎さん、塩を撒かれないうちに絵師どのと一緒にお引き取りくださいな」

と叫んだ。いつものおこんと違って顔が険しかった。

「北尾どの、退散しよう。そなたばかりかそれがしまで出入り禁止になりそうだ」

磐音は居座りそうな北尾を連れて、早々に今津屋を出た。


その後、磐音の姿がぱたりと消えた。

心配したおこんが大川を渡って父親の金兵衛のもとを訪ねた。だが、あの日以来、磐音は長屋にも戻っていないという。

不安を抱えたまま店に戻ってきたおこんに由蔵が言葉をかけた。

「その顔では深川界隈にもいませんでしたな」

「私が怒ったからって、姿を隠さなくてもいいじゃない。まったく嫌味なんだから」

「いや、南町の御用ですよ。私は、吉原界隈で殺された川流一伯とかいう絵師の一件と関わりがあるとみました」

「それならいいけど」

「おこんさん、そのうち、読売が坂崎さんの行方《ゆくかた》知れずの謎《なぞ》を解き明かしてくれますよ」

と由蔵が慰めた。

笹塚孫一に指揮された木下一郎太らは、吉原廓内の三軒の妓楼の主、

伏見町の半籬の舞屋《まいや》竹右衛門《たけえもん》

京町一丁目の半籬の梅香楼伊豆七《ばいこうろういずしち》

角町の総籬の宇多川屋菊左衛門《うだがわやきくざえもん》

を監視下に置いていた。むろん大門を出るときには三人の主にはぴたりと尾行がつけられていた。

吉原会所の四郎兵衛と密かに連携を保ってのことだ。

この三人とは北尾重政が磐音に示唆した名であった。

磐音から笹塚孫一に報告された直後、手配されたのだ。

三人の妓楼の主はいずれも、商いの立て直しを必死で図らねばならない事情を抱えていた。

もし抱えの花魁が、

「安永の三太夫」

の一人に選ばれれば千客万来、一気に内所《ないしょ》は豊かに転じる。

舞屋には新造《しんぞう》の葛城《かつらぎ》が、梅香楼には新造の曙《あけぼの》が、宇多川屋には太夫格の有瀬川《ありせがわ》と評判の若い遊女がいて、売り出そうとしていた。

吉原会所と南町の隠密探索が三日目を迎えたとき、宇多川屋菊左衛門が夕暮れの混雑に紛れるように大門を出た。

町人の姿に身を窶《やつ》した一郎太らは、山谷堀を今戸橋へと向かう菊左衛門を囲むように尾行していった。

今戸橋際には多くの船宿が軒を並べていた。

柳橋から猪牙舟を飛ばして吉原へ通ってくる客たちのために栄える船宿だ。遊客たちは馴染みの船宿から土手八丁をそぞろ歩いて引手茶屋に向かうのである。

菊左衛門は船宿清水の暖簾を潜った。

一郎太は尾行するための舟の手配を見習い同心立花大二郎に命じると、船着場と船宿が見渡せる暗がりに身を潜めて、菊左衛門が出てくるのを待った。

この裏手には絵師の北尾重政が住んでいて日夜仕事に没頭していた。脅迫される身を考えて、家に籠り続けていたのだ。

そのことが一郎太を不安にしていた。

(宇多川屋め、嫌なところに入ったぜ)

総籬宇多川屋は宝暦の末期、畢生《ひっせい》の美人花魁、

「文乃緒《ふみのお》」

を抱えて栄華を誇った妓楼であった。

だが、文乃緒が病に倒れた明和六年の後、急に客足が途絶えて、内所が苦しくなっていた。

菊左衛門は各地に女衒《ぜげん》を放って美形の娘を集め、第二の文乃緒に仕立てようとしたが、どれもうまくいかなかった。だが、川越城下の大工の棟梁の娘有瀬川を得て、なんとか、

「安永の三太夫」

の一人に選ばせようと必死で活動していた。

玄関先に出てきた女将《おかみ》の姿を見て一郎太にさらなる不安が生じた。

菊左衛門は四半刻（三十分）が過ぎても舟に乗り込む様子がない。船宿の二階座敷でだれかと会っているのか。

一郎太は意を決して女将に歩み寄った。

「宇多川屋の旦那をお迎えに上がりました」

「あら、宇多川屋さんがお見えになっていたかしら」

「四半刻前、ちょいと清水さんに御用と立ち寄られたはずにございますが」

「ああ、思い出しましたよ。旦那は腹がしぶると厠を借りに立ち寄られたのです。その後、裏口から聖天社に参ると言って出ていかれましたけど」

一郎太は胸の中で、

（しまった！）

と叫んでいた。

必死で浅草寺領にある北尾重政の長屋に走った。だが、長屋は灯りが点されて絵師が仕事に励んでいる様子があった。

一郎太はふうっと一つ息をついた。

どこか紅潮した表情の宇多川屋菊左衛門が吉原大門を潜ったのは、五つ半（午後九時）の刻限だ。

行方を絶った一刻ほどになにをしたのか。

一郎太は臍《ほぞ》をかんで、妓楼に戻った菊左衛門の背を睨みつけた。


絵師北尾重政が住まいと工房を兼ねる長屋は、聖天町浅草寺領にあった。

上がりかまちを兼ねた台所の板の間に四畳半と三畳の畳の間という、鰻の寝床のような奥行きのある造りだった。

重政は四畳半の裏手についた狭い庭とそれに続く畑が気に入って借り受けていた。

この夜も遅くまで重政は絵筆を走らせている様子だ。

なにしろ『雪模様日本堤白鶴乗込』を上梓して一躍美人画絵師の寵児《ちょうじ》になった重政には、こたびの企画を巡って数十軒の妓楼から注文が舞い込んだのだ。だが重政は、自らの好みに合った花魁を描くとしか約束しなかった。

その数少ない一人が白鶴であった。

重政は自らの絵が、

「安永の三太夫」

選びを左右するかもしれないことを承知していた。それだけに、創意工夫してこれまでにないものを描きたいという絵師の欲に衝かれて、寝る間も惜しむ日々だった。

そんな絵師の籠りっきりの暮らしの灯りを、長屋の裏手の畑から眺める影があった。

木下一郎太らが、

「小手斬り左平次」

と呼ぶ刺客だ。

深編笠を被った男は五尺五寸の背丈で小太りの体付きをしていた。

九年ぶりの江戸だった。

春大根の植えられた畑の中で、この九年余りの暮らしを支えてきた無銘の剣を膝の間に抱え込み、座り込んで、灯りに時折り動く影を一升徳利の酒を飲みながら見ていた。

絵師を脅して絵を描かせるだけの仕事だ。

面白くもなかった。

だが、江戸に戻った男には当座の金がなかった。

偶然にも賭場で馴染みの顔に会った。それが吉原の妓楼宇多川屋の主菊左衛門だった。

互いの顔の中に求め合うものを直感して、片や仕事を与え、片や受けたのだ。

男が大根畑の中から立ち上がったのは、一つの灯りを残して界隈が寝静まった九つ半（午前一時）の刻限だ。

孤独な酒盛りは終わった。

男はゆっくりと屈伸運動を続け、強張《こわば》った手足に血を通わせた。

それが四半刻も続いたか。

男は畝《うね》に横たえていた剣を右の帯に戻し、腰を揺すって落ち着けた。

磐音らが推測したように左利きなのだ。

そして、かたわらに置いておいたものをぶら下げた。

縄で括《くく》られた、絵筆を握る川流一伯の手首だ。

灯りに向かって歩き出した。

迷う気配はまったくない。

畑から長屋の裏庭の生垣を乗り越えた男は、灯りの点った北尾重政の障子を無造作に引き開けて、ぶら下げていた手首を部屋に放り込んだ。

どてらを着た男が画材に囲まれて絵の具でも溶いているのか、侵入者に背を向けていた。

手首は丸まった体を越えて絵師の眼前に落ちた。

絵師の体が固まった。

「北尾重政、川流一伯のようになりたくなかったら、宇多川屋の有瀬川の絵を描くのだ」

絵師は硬直したままだ。

「四の五のは言わぬ。拒むなら二度と朝の光は拝めぬと思え」

どてらが大きく震えるように上下に動いた。

絵師が怯えているのだと刺客は思った。だが、それが違うことをすぐさま悟られた。

背が笑っていた。

腹をよじって笑っていた。

「なにがおかしい」

憤怒《ふんぬ》に襲われた男は深編笠を脱ぎ捨てた。

顎《あご》が張った四角い顔は濃い髭《ひげ》に覆われていた。その中で目だけが不気味にもらんらんと輝いていた。

「絵師には変わり者が多い。脅したところで好みでもない女子の絵を描くものか」

「おのれは北尾重政ではないな」

男は叫ぶと同時に剣を抜いて部屋に飛び込んだ。

抜き放った剣を背に突き立てた。

迅速の剣捌きだ。

だが、どてらが宙に舞い、突きが空を切った。

どてらの下から横手に転がり出たのは坂崎磐音だ。

磐音は片膝をついて襲撃者を見たが、その手にはすでに脇差が抜かれていた。

そして、磐音の片手には、無念にも絵筆を摑んだ一伯の手首がぶら下げられていた。

「その昔、江戸を騒がした小手斬り左平次どのの本名をお聞きしたい」

「そのほうは」

「坂崎磐音と申す」

「地蔵谷無伝《じぞうだにむでん》」

本名かどうか、小手斬り左平次が答えた。

「得意の小手斬り、拝見いたす」

「おのれ」

中段の剣が伸ばされた。

磐音はゆっくりと片膝から立ち上がった。

足元には重政の絵の道具が散らばって足場が悪かった。

磐音は脇差を右手で構えて、左利きの無伝の小手斬りに備えた。

戦いの気配が濃密に膨れ上がった。

「おりゃ！」

軽く切っ先が上下して、疾風の小手斬りが脇差を持つ磐音の手首に襲い来た。

その瞬間、磐音の左手に下げられた一伯の手首が、地蔵谷無伝の顔面に投げられた。

一瞬、無伝が目を細めた。

間合いが微妙に狂った。

小手斬りにきた切っ先を磐音が弾いた。

内懐に飛び込んでいた。

うーむ

と無伝が感じたとき、眼前で白い光が閃き、
すうっ
と冷たい感触が首筋を走った。
ううっ
無伝が立ち竦み、間近な磐音の顔を見た。
「おのれ」
その直後、無伝は散乱する画材の上に転がっていた。

江戸の町を読売が舞った。

今津屋の店の前でおこんも一枚買って、由蔵にひらひらしてみせた。

由蔵が黙って立ち上がり、台所に下がった。

おこんも急いで従った。

「おこんさん、読んでくだされ」

おこんが頷くと読み出した。

「死を呼んだ安永の太夫選び、吉原の総籬宇多川屋の主菊左衛門は抱えの遊女の名を高からしめ、新たに設けられる太夫の位に選ばれんと、川流一伯絵師に目を

付けて、浮世絵制作を頼みしとか。されど川流絵師に断られ、そこで絵師を殺害したり。さらに川流を殺害せし事を種に北尾重政絵師を脅迫せんとしたり。あら、なんということ……」

おこんは北尾の名が出てきたので驚きの声を上げ、さらに早口で続きを読み進めた。

「菊左衛門に頼まれ、一人を殺害し、一人を襲撃未遂したるは、元さる大名家の陪臣《ばいしん》にして明和三年（一七六六）に横行せし辻斬りの張本人〝小手斬り左平次〟こと地蔵谷無伝、本名小村隆五郎《こむらりゅうごろう》、三十九歳なり。九年前、辻斬りを主に知られて、激しく面罵《めんば》され、屋敷を出よと罵られし事に激怒し主を殺害、江戸を離れて諸国を流浪、さらに小手斬りの腕を磨いたりとか。この小村隆五郎に目を付け、密かに探索せしは南町奉行所の年番方与力笹塚孫一様をはじめ、猛者《もさ》の面々なり。北尾重政絵師の長屋に張り込んで、小村隆五郎を仕留めたり。その間、北尾絵師は吉原五十間道の版元蔦屋に隠れ潜んで、丁子屋の遊女白鶴の艶姿《あですがた》を仕上げたりという。なお、こたびの一件の真相を知った北尾絵師は、宇多川屋の抱え女郎に罪なし、有瀬川の美貌、私の腕で仕上げんと申し出たりという。江戸っ子の心意気に吉原雀ばかりか江戸じゅうが喝采《かっさい》せんか。以上、安永の太夫選びの余話なる騒動なり……」

「おこんさん、小手斬り左平次を仕留めた人物こそ居眠り磐音どのですぞ」

と由蔵が言い切った。

「騒ぎが落着したのなら、店に顔を出してもいいんじゃないかしら」

不満を述べるおこんに、
にたり
と笑った由蔵が、

「なあに、すぐにも顔をお見せになりますよ」

と請け合った。そして、

「南町の知恵者与力どのには、吉原からかなりの金子が届きましたな」

と余計な穿鑿《せんさく》までした。

磐音はその日、幸吉の父親、叩き大工の磯次を本所の建前の現場に訪ね、幸吉を宮戸川に奉公させる一件を頼んだ。

磯次は磐音の仲介に驚いたか、黙り込んだままだ。だが、棟梁の勝三郎《かつさぶろう》が、

「聞いてみりゃあ、いい話じゃねえか。宮戸川の親方が一人前に育てると言って

くださってるというし、幸吉もそれが望みだ。六間堀なら近えや。おめえも女房も幸吉の顔を見たいとなりゃあ、いつでも見られるというもんだ。これが川向こうならそうはいかねえぜ」

と言葉を添えてくれた。

「おれは、いいけど」

ぼそりと磯次が答えて、この一件は落着した。

磐音が金兵衛長屋に戻ると、豊後関前から一通の文が届いていた。

〈兄上様　思いもかけない祝いの品をいただき、お礼の言葉もありませぬ。兄上が江戸にてご苦労の最中、伊代だけが祝言を執り行うなど罰当たりにございます。父上は藩騒動を巡る悲しみも癒《い》えぬとき、祝言は内々に済ますことが必然なりと井筒家と話し合われ、兄上の欠席を先方にもお願いなされたのでございます。父上が煩悶の後に兄上に伊代の祝言を知らされたのは、つい最近のことと承知しております。

その直後に、江戸から加賀友禅と花籠文様象牙櫛に揃いの簪の祝いの品が届きました。兄上のお心遣いと祝いの品の見事さに母上も伊代も言葉もなく、母上は祝言も知らせぬ磐音がこのようなことをしてくれたとただただ泣きくれておられました。

兄上、伊代には勿体《もったい》ない品々にございます。兄上と今津屋様の真心を胸に井筒源太郎様のもとに嫁に参りたいと思います。

兄上、伊代は藩騒動で悲しみの死を遂げられた舞様、そして、自ら遊里に身を沈められた奈緒様姉妹の分も幸せになります。それがお二人のお気持ちに添うことと信じて井筒家に参ります。

兄上、ありがとうございました。

兄上も、くれぐれもご無理をなさらぬようお過ごしください〉

磐音は妹からの文を二度読み返し、

（伊代、舞どのと奈緒の分も幸せになれ）

と胸の中で呟いた。

巻末付録

江戸よもやま話

長屋——裏店の賑わい

文春文庫・磐音編集班 編

まずは江戸の庶民が作りし川柳を一句。

裏店《うらだな》の壁には耳も口もあり　（『誹風柳多留《はいふうやなぎだる》』）

裏店＝長屋（裏長屋とも）の壁に耳も口もあるとは、壁が薄くて隣同士の会話が丸聞こえだったということ。確かに、磐音の動向は金兵衛長屋の住人たちに筒抜けです。よく言えば一体感のあるコミュニティーですが、プライバシーなどまるでない生活空間。今回は、江戸の庶民の七割が暮らしたという「長屋」を覗いてみましょう。

図1　往来賑やかな表通りから見た長屋の木戸。『柳髪新話浮世床』（国立国会図書館蔵）より

ところで、なぜ長屋のことを「裏店」というのでしょうか。それは、表通りに面して商売に適した物件が「表店《おもてだな》」であるのに対して、路地を奥に入った、裏手に位置する場所に建てられた物件だったからです。

表通りから長屋へ入るには、まず「木戸」をくぐりますが、図1は表通りから見た木戸です。まず目を引くのが、木戸の周りに所狭しと掛けられた看板らしきもの。右手の女性の奥に掛けられた、男性の顔と「観易」の大書が目立つ看板は、占い？　ほかに「尺八指南」「灸」「祈禱」「口入」と多彩なラインナップ。これは、長屋の住人の表札とともに掲げられた、ご近所のお店の広告なのです。確かに人目に付きます。

では、棒手振《ぼてふり》の兄さんに続いて、木戸から路地に入ってみましょう。

長屋は、ひとつの長方形の建物を壁で仕切り、複数の住居に区分けした、いわば賃貸アパートです。狭い路地を挟んで向かい合って建ち、両側あわせて十数軒前後が並ぶ、というのが典型的な形でした。磐音のように独身の理由《わけ》あり浪人や流れ者もいれば、水飴売りの五作一家、左官の常次一家、植木職人の徳三夫婦など、多種多様な人びとがひとつ屋根の下に暮らしていました。

図2は、深川江戸資料館に再現された長屋の一部屋です。舂米屋《つきごめ》の職人・秀次の住まいで、綺麗好きの女房と男の子の三人暮らしという設定ですが、これが部屋のほぼ全て。整理整頓されているとはいえ、お世辞にも広いとは言えませんね。

裏長屋には、割《わり》長屋と棟割《むねわり》長屋の二種類がありました。秀次の部屋は奥に窓と縁側が見えるとおり、日当たりと風通しの良い割長屋で、狭くてもまだマシ。棟割長屋は、長方形の建物の中央の棟を割って背中合わせに二部屋を作っているため、窓や縁側がなく、日当たりや風通しなど望むべくもありませんでした。

もっとも、いずれのタイプにしても、間口九尺《くしゃく》（約二・七メートル）×奥行き二間《にけん》（約三・六メートル）、広さは三坪で、ちょうど六畳間というサイズはほぼ共通でした。俗に「九尺二間の裏長屋」と呼ばれたゆえんです。写真では入口の腰高障子で隠れて見

図2　再現された「深川佐賀町の長屋に住む秀次の部屋」（筆者撮影、撮影協力・深川江戸資料館）

えませんが、手前には、一畳半ほどの台所兼土間（竈《かまど》、流し完備、水がめなど設置可）があります。とすると、居間兼寝室は実質四畳半で、ここに家族全員が寝起きしていました。押入れなどの収納スペースもありませんから、着物や布団は小さく畳んで部屋の隅に積み、枕屏風で囲って隠しています（図2左奥）。家財道具も必要最小限。大きなものでは茶《ちゃ》箪笥《だんす》、火鉢、行灯《あんどん》（より安価な火灯《かとう》を使うことも）、ほかに火口箱《ほくちばこ》（火打石、付け木など一式入れた箱）と火消し壺（熾火《おきび》を入れて消す壺。火の用心！）、箱膳《はこぜん》（食器を収納できる御膳）、お櫃《ひつ》（朝炊いたご飯を保存し、昼と夜に食べ切る）、商売道具などに、荒神様《こうじんさま》や神棚・仏壇を置けば、もう部屋はいっぱい。現代に比べると、本当に質素な暮らし向きだったようです。

持ち物が多くないのは、江戸が非常に火事の多い町だったことにも関係します。長屋は、ほぼ木と紙の木造建築ですので、〝焼屋《やけや》〟と揶揄されるほど火事に弱く、また自分の家が燃えていなくても、延焼を防ぐために火消しによって壊されることがありました。さらに、火事は必ず起きると割り切って、住居や生活道具にお金をかけすぎないことが肝要。さらに、薄い壁で仕切られたプレハブのような安普請だからこそ、再建は容易。江戸の庶民ならではの合理性なのかもしれません。

秀次の部屋をあとに、路地をさらに奥に進みますと、井戸やトイレ（後架《こうか》、手水場《ちょうずば》と呼びました。上方では雪隠《せっちん》とも言ったようです）、洗い場、物干し場などがあります。各部屋は狭く、トイレはおろか、洗い場のスペースも十分にとれませんので、これらは長屋全体の共用とされたのです。ここでもう一句。

井戸端へ人の噂を汲みに行き　（『誹風柳多留』）

「井戸端会議」とは、まさにそうした共用スペースで、洗濯や料理の準備などをしながら、長屋の住人たちが世間話や噂話、ご贔屓の役者に熱を上げたり、家族の愚痴に花を

図３　『絵半切かしくの文月』より、長屋の奥から木戸口を見た図。画面手前に後架、井戸、稲荷の鳥居が並ぶ。林美一『江戸の二十四時間』より転載

咲かす、ご近所付き合いの場だったのでしょう。

ようやく長屋の路地も奥までたどり着きましたので、ここいらで振り返ってみましょう。図３の画面右奥にある木戸口に向かって狭い路地が続き、左右には長屋の各部屋が軒を連ねています。「二階があるじゃないか」とお気付きの方はご明察。実は「九尺二間」の平屋ばかりでなく、二階建てタイプの間取りもありました。職人が、一階を作業場とし、二階を寝室として使う例などもあったようです。

長屋の屋根上にはためく幟《のぼり》、各部屋の入口に掛けられた行灯（地《じ》口《ぐち》行灯）、画面左手の行灯を作る人、その奥のバチを持って太鼓を打ち鳴らす子ども

……本日は、稲荷社にお供えをして豊作を祈る初午《はつうま》のお祭りのようです。子どもの笑い声がいまにも聞こえてきそうです。

おっと、画面手前にある三角屋根に、頬被りをした人物が近づいてきます。一見怪しげなこの男性、実は江戸近郊の農民で、トイレの糞尿を汲み取りに来た様子。糞尿は単に処理されるのではなく、なんと、肥料として買い取られていたのです。

さて、様々な人たちが暮らし、なんとも賑やかな長屋ですが、家賃はいくらで、誰に納めるのでしょうか。そして誰が管理・運営しているのでしょうか。そう、それこそ、「大家」のどてらの金兵衛さんの出番です。そして、さきほどの汚物が実は重要な収入源になっていました。磐音たちの共同生活を支え、意外に多忙で責任重大だった金兵衛さんの真の姿とは？　それはまた別の機会に。

【参考文献】

林美一『江戸の二十四時間』（河出文庫、一九九六年）
江東区深川江戸資料館編『深川江戸資料館展示解説書』（公益財団法人江東区文化コミュニティ財団、二〇〇六年発行、二〇一六年改訂）

本書は『居眠り磐音　江戸双紙　朔風ノ岸』（二〇〇四年三月　双葉文庫刊）に
著者が加筆修正した「決定版」です。

編集協力　澤島優子
地図制作　木村弥世
ＤＴＰ制作　ジェイ エスキューブ

文春文庫

朔《さく》風《ふう》ノ岸《きし》
居眠《いねむ》り磐音《いわね》（八）決定版《けつていばん》

定価はカバーに
表示してあります

2019年6月10日　第1刷

著　者　佐《さ》伯《えき》泰《やす》英《ひで》
発行者　花田朋子
発行所　株式会社　文藝春秋

東京都千代田区紀尾井町 3-23　〒102-8008
TEL 03・3265・1211㈹
文藝春秋ホームページ　http://www.bunshun.co.jp

落丁、乱丁本は、お手数ですが小社製作部宛お送り下さい。送料小社負担でお取替致します。

印刷製本・凸版印刷

Printed in Japan
ISBN978-4-16-791299-4